ДИНАРА

Роман о любви

Альфира Сундквист

ДИНАРА

© 2017 Alfira Sundqvist
Herstellung und Verlag:
BoD – Books on Demand, Norderstedt.

ISBN: 9783744886154

Пролог

Было видно, что женщина плакала долго и много: полосы размазанной по лицу косметики почти смылись и просохли, выражение же лица было опустошенное и безнадежное.

Он все понял: ответ она получила окончательный и бесповоротный - детей иметь она не может. Ему хотелось подойти к ней и утешить. Но ноги не шли - это была и его беда.

Еще помедлив, он повернулся и вышел.

Женщина не могла знать, что его поездка в Москву перенесена на утро; и мужчина решил выиграть время - как-то успокоиться. В таком состоянии он вряд ли мог ей помочь морально: он и сам нуждался в помощи. И помощь в этом можно было получить только одним способом...

Он собирался выпить немного, просто чтоб расслабиться. Но за одной рюмкой последовала другая, третья...

- Алем?.. Ты чего здесь делаешь? Ты разве не в командировке?

- А ты не знаешь? Как же это так, ты же ее близкая подруга? - ухмыльнулся он.

Лицо Люси почти двоилось.

- О чем я не знаю? Боже, да ты пьян! Что случилось? Что-то с Динарой? С тобой? С вами? Да говори же ты!

- С нами ничего... И с маленьким тоже... ничего. Совсем ничего...

- С каким маленьким? У вас должен был быть ребенок? У Динары выкидыш?

- Выкидыш - это плохо. Но это, оказывается, еще не самое страшное. Это больно, но есть надежда. Страшно - когда ее нет. Понимаешь?.. Совсем нет!

- Скажи, а Динара знает, что ты не уехал? - вкрадчиво спросила Люся.

Алем ей нравился всегда, но он увлекся ее подругой. Люся понимала, что соперничать с Динарой бесполезно. Она ужасно ревновала, временами просто ненавидела ее, но порвать с ней не могла. Подруг у нее почти не было, ну а такой, как Динара, даже и не светило. Удивительно вообще, что они сблизились. Пожертвовать дружбой с ней она могла только ради него.

- Нет. Ты думаешь: откуда тогда я знаю? Я видел ее… Это надо было видеть... Я трус, да? Чего спрашивать - ответ понятен. Я, пожалуй, пойду.

- Но куда же ты в таком виде?

- А ты считаешь, что я должен здесь, в баре, остаться? Или меня такого в гостиницу пустят? Хотя, может, и пустят. Только я сам не хочу туда.

- Знаешь… ты прав… Но ни к чему тебе в таком состоянии и дома появляться. Я на машине, поедешь ко мне. Отоспишься, успокоишься. Динаре нужна от тебя поддержка, а не лишняя головоломка. Эта бутылка оплачена?.. Заберем ее с собой.

***

Когда Алем проснулся, голова у него уже не кружилась; но с ней, похоже, все-таки не все было в порядке: потолок был каким-то страшным - чужим. Разглядев незнакомую люстру, он уже не на шутку встревожился.

Рядом лежала женщина - и она точно была не Динара.

Что это? Продолжение сна? Как еще можно объяснить этот кошмар?

Он тихонечко встал, подошел к кровати с другой стороны. Увидев, что обнаженная женщина - полуприкрытая одеялом - Люська, Алем обессиленно присел тут же на кровать. Затем встал; не глядя, прихватил вещи и пошел чуть раскачивающейся походкой в коридор.

Тихо оделся.

Но выйдя за дверь, хлопнул ею так, что в квартире задрожали стекла.

Глава 1

- Алик, да ты не любишь фигурное катание! Техника у тебя прекрасная, но я чувствую - нет в тебе радости. Скажи, что я ошиблась; что я вот такая, ненормальная. Ну!.. Что же ты молчишь? А ведь ты и на самом деле не любишь его или вообще спорт. Тебя что, заставляют, да? Мамочка с папочкой?

- Катерина!.. Все!.. Хватит!.. - одернул ее подошедший к ним тренер.

- Смотри же, не опоздай завтра! - Алик развернулся и покатил к борту.

- Катя, ты чего? Какая муха тебя укусила? - обрушился на нее трепер. - Ты хоть знаешь, что его отец умер, когда ему было чуть более года.

- Я не знала, - проговорила Катя растерянно.

- И с чего это ты решила, что он здесь по принуждению?

- Ну не по принуждению - не хочет маму свою расстраивать, коли она одна у него - единственный его родитель. Или же родительница, как будет правильней?

- Ты что, неравнодушна к нему? Ничего, скоро остынешь: с партнерами это ненадолго. Парнишка он неплохой, из таких получаются хорошие друзья. Так что, Катя, мой тебе совет: не дури! Да и не рановато ли тебе, Катерина, в четырнадцать лет любовь крутить?

- Мне пора, папа меня ждет, - прервала Катя тренера, увидев своего отца. - И ни в кого я не влюбилась. И в этом году мне будет пятнадцать.

- Привет, папочка, ты уже освободился? - спросила она отца, подкатив к борту.

- Нет еще. Что-то произошло?.. - спросил отец, вглядываясь в дочь.

- Нет, ничего... - ответила Катя, посмотрев вслед уходящему Алику.

- Это твой новый партнер?

- Алик? Да.

- Странно... мне кажется, что я его где-то уже видел... Очень уж его лицо мне показалось знакомым.

- Ладно, папуленька, я пошла: мне нужно с Аликом поговорить.

Катя направилась к раздевалке.

- Алик, подожди; пожалуйста, - окликнула она юношу, стоящего у входа в здание.

Алик обернулся, остановился. Нет, не было похоже, чтоб он на нее сердился.

- Алик, извини меня, - проговорила Катя, подойдя к нему, виновато. - Я не знала о твоем отце. Не знала, что он…

- Это случилось давно, - перебил ее юноша, пытаясь смягчить удары, терзающие ее совесть. - Прошло пятнадцать лет. Я, к сожалению, даже не помню его.

- Но ты, наверное, знаешь - кто он и как он выглядит?

- Да, конечно. Фотография отца висит над моей кроватью.

- А я не знаю, ничего не знаю: кто мой отец, жив ли он?

- Подожди, разве Алем Равиливич не твой отец?

- Я же ношу мамину фамилию, и отец с матерью не расписаны.

- Может, в этом и дело? Такое ведь бывает. Возможно, твоя мама просто хотела оставить тебе свою фамилию.

- У меня же и отчество не папино - я ведь Дмитриевна. Мама как-то давно мне объясняла, то что она оставила свою фамилию и записала отчество «Дмитриевна» в честь моего деда. Он очень хотел, чтоб продолжился их род. (Мама с папой не сразу стали жить вместе. Это я очень хорошо помню.)

- Может, все дело как раз в этом?.. А что сами родители говорят?

- Ничего. Они думают, что я не знаю, что отец мне не родной.

- Как это?

- Вероятно, они предполагают, что я из-за моего тогда малого возраста ничего не помню. Я на самом деле забыла. Но как-то я услышала, как одна мамина знакомая другой сказала, что я совсем на отца не похожа. Другая же, увидев меня, незаметно приложила палец к губам. Я забеспокоилась, задумалась. И из глубины памяти смогла вытащить свою первую встречу с отцом. Мне было годика три. Мы с мамой были на катке. (Я довольно рано встала на коньки.) Однажды я покатила прямо на мужчину, стоявшему на льду. Он вытянул руки и, схватив меня, приподнял: иначе я бы уткнулась в его ноги.

(Меня мама отдала в садик в двухлетнем возрасте: ей надо было работать. Там я поняла, что у детей есть еще и папы. И я стала ждать, когда же придет мой папа. Я была уверена, что это обязательно произойдет.)

- А у мамы ты не стала спрашивать?

- Нет. Сама удивляюсь этому. Может, я не хотела разрушить свою мечту?.. Хотя я тогда была слишком маленькой, чтоб так думать.

Глаза мужчины, державшего меня в руках,

были такие добрые и родные. «Папа!» - обрадованно воскликнула я и обняла его. Когда я опять посмотрела на него - в глазах его были слезы. И с тех пор до услышанного разговора я абсолютно была уверена, что он мой отец.

- Кать, ты не говоришь об этом родителям, потому что боишься что-то разрушить?
- Я много чего боюсь, - ответила Катерина, о чем-то задумавшись. - Да... - вскинула она на него глаза, - пожалуйста... не говори об этом никому. Ты единственный, кому я рассказала об этом, даже не знаю почему. Может, потому, что мне очень стыдно за недавнее.
- Ну это твой секрет, и рассекречивать его можешь только ты.
- Если бы все так думали.
- Но все же тебе стоит спросить их.
- Нет, - отрезала Катя.

«Там - вероятно - не все так радужно, как кажется...» - подумал Алик. Алем Равиливич был психологом в их клубе, о нем очень хорошо отзывались, и ничего отрицательного о семье его он не слышал.

Алик узнал сразу, что его парой будет его дочь (раньше она была одиночницей). Она ему показалась немного запосчивой. А может, она просто умна? «В отца», - подумалось ему тогда. Ведь на фигурное катание он пошел на самом деле по желанию матери. Если бы у него был выбор, он бы пошел на хоккеиста. Он слышал, как один европейский игрок ушел из фигурного катания в хоккей и стал очень хорошим хоккеистом. Но это нужно было делать намного раньше. К счастью, он хорошо учится. Особенно ему нравится литература. Его два рассказа уже напечатали в журнале. Вместо фамилии он использовал псевдоним Медведь.

О его увлечении никто не знал, даже мать. Алик подозревал, что его способности в понимании характера человека от его матери. Мать была умна, владела прекрасной логикой, но не фантазерка. Правда, представить отца фантазером тоже было трудно. На фотографии отца, висящей на стене его спальни, просматривается прямой, спокойный взгляд.

Глава 2

Она долго гуляла по городу.

Кате очень хотелось узнать правду об отце, но Катя боялась разрушить то, что ей иногда казалось не очень крепким. На самом деле их семья со стороны могла показаться образцовой: родители никогда не ссорились и оба ее очень любили.

Взрослея, она стала замечать, что отец был больше любящим отцом, чем любящим мужем. Он ни в чем ей никогда не отказывал; следил за ее учебой; помогал ей, если были проблемы; с удовольствием говорил с ней о ее будущем. Он никогда не забывал никаких дат, касающихся ее. Катя стала понимать, что она важнее для него, чем мать. После случайно подслушанного разговора она все чаще и чаще стала думать об их первой встрече, о его слезах, после услышанного «папа». Где-то есть его собственный ребенок, которого он не может видеть? Или еще хуже - он умер? Заговорить о себе - значит вскрыть его больную рану. Но вдруг она ошибается? Вдруг случится чудо - она окажется все же его родной дочерью. И все эти ее переживания напрасны.

***

Когда она вернулась, родители ее были уже дома.

- Катя, ты куда пропала? Я уже собирался искать тебя, - проговорил отец встревоженно.

- Папа, я уже достаточно взрослая - тебе не кажется? Вам пора бы уже меня понемножку отпускать.

- Куда это мы должны тебя отпускать?.. - спросила мать, услышав ее последнюю фразу. - Идите-ка мыть руки и ужинать.

- Скажите, а что, по-вашему, для человека важнее: любовь или дружба? - спросила Катя у родителей, когда вечерняя трапеза подходила к концу.

- Для возлюбленных - любовь, для друзей - дружба, - ответила мать на вопрос дочери. - А вообще, идеально быть не только любимым, но и другом.

- Идеально - это как у вас?

- Катя, у тебя, если ты еще помнишь, завтра контрольная по истории, так что сосредоточься на вопросах на тему истории страны, - сказала мать и тут же, выйдя из-за стола, стала убирать грязную посуду в раковину.

- Мне не надо готовиться. Я хорошо знаю историю своей страны. Человек иногда - зная хорошо историю своей страны - совершенно не знает историю своих предков. Вам не кажется это странным?

Не дожидаясь ответа на свой же заданный вопрос, Катя направилась в свою комнату.

Войдя к себе, проворчала:

- Почему я должна им в чем-то открываться, если они сами...

- Открываться в чем? - услышала Катерина за спиной голос отца.

Она посмотрела на него испуганно.

- Катя, ты влюблена? В Алика?

- Папочка, если мне нужна будет помощь психолога, я запишусь к тебе на прием.

- Хорошо, - проговорил отец, вскинув руку и посмотрев на наручные часы. - Во сколько тебя ждать?.. Тебе повезло: сегодня у меня как раз нет пациентов.

К ее отцу на самом деле подростки - его пациенты - иногда приходили домой.

- Папа, ты знаешь: мне надо готовиться к контрольной.

- Матери своей ты сказала иначе. Иногда ты бываешь дерзкой, тебе не кажется?

- И в кого я такая?.. Папа, я приду к тебе, как только подготовлюсь, - прервала она сама себя.

- Хорошо, - сказал отец как-то задумчиво.

Войдя на кухню, он наткнулся на вопросительный взгляд Маши.

- Я думаю, пришло время рассказать Кате правду, мы и так долго скрывали.

- Мы ничего не скрывали. Мы же никогда не говорили о том, что ты ей родной отец. У нее даже фамилия моя.

- Мы не говорили, потому что дочка нас никогда ни о чем не спрашивала. И нам это было очень удобно. А если она знает? (О чем я очень подозреваю.) Трудно даже представить - какой груз она несет на себе!

- Ты думаешь, что Катерина, вспомнив вашу первую встречу, поняла, как она тогда по-детски ошиблась?

- Она умна. Посмотри на нас с тобой - мы оба брюнеты, а она блондинка. Если даже дочь на это все внимание не обращает, не замечает - другие могут постараться помочь ей в этом.

- Что из этого? Мне иногда кажется, что она тебе больше дочь, чем я тебе жена.

- Я тебя чем-то обидел?

- Нет. В том-то и дело: ты примерный муж

и хороший отец. Только иногда этого бывает недостаточно, мало.

- Чего бывает мало? - задала вопрос Катя, войдя на кухню. - Я свободна, - обратилась она к отцу, поняв, что ответа на свой вопрос она не получит.

- Катерина, нам надо с тобой поговорить... Останься, - попросил Алем Машу, когда та поспешно встала.

- Я считаю, нам нужно вначале этот вопрос обговорить между собой, - отреагировала она, вспыхнув.

- Не надо вам ни к чему подготавливаться, - проговорила девочка, сдвинув брови. - Когда-нибудь вы мне расскажете все, а сейчас я хочу спать. Вы знаете: у меня завтра контрольная.

Резко повернувшись, вышла из комнаты.

- Ты был прав: она знает. Что же теперь?

- Теперь будем ждать, когда Катерина сама захочет поговорить об этом.

- Да, дочка уже не маленькая, чтоб можно было ей диктовать свои условия.

Глава 3

Катя, поприветствовав Алика взмахом руки, стала молча разминаться. Алик догнал ее.

- По-моему, претензии по поводу отсутствия радости сегодня можно предъявить тебе.

Ничего не ответив, Катя сделала несколько коротких прыжков.

- Ты чего? Что-то на самом деле серьезное?

Алик, перехватив ее, принудил выполнить с ним элемент их программы.

- Они вчера готовы были расколоться.

Она стала набирать скорость.

- И?.. - Не отставал он от нее.
- Я испугалась. Ретировалась.

Она резко затормозила - он чуть не налетел на нее, успел увернуться и тоже остановился.

- Чего ты испугалась? Это им надо пугаться.

- Ты не понимаешь... Итак всё... Я у них спросила: что важнее - любовь или дружба?

Он взял ее за руку, они покатили вместе.

- Странный вопрос для четырнадцатилетней девочки.

- Неужели они тоже не поняли?.. Хотя нет: когда я спросила уже о них, мама резко начала убираться.

- Ты думаешь: между ними больше дружбы, чем любви?

Он опять остановился.

- Мы слишком с тобой много болтаем, пора работать.

Катя, оттолкнувшись ото льда, стала разгоняться по кругу.

Алик во время перерыва пытался разговорить напарницу; но Катя, сказав, что ей надо бы отдохнуть, скрылась в раздевалке. А потом уже тренер их обоих гонял до седьмого пота: ему не нравились Катины срывы, - на самом деле до сегодняшнего дня казалось, что у них все уже отработано.

К концу тренировок опять все пошло как

по маслу. Завтрашний день был свободным от тренировок - хотелось бы отдохнуть с чистой совестью.

- Катя, ты что завтра делаешь вечером? - поинтересовался Алик по дороге в раздевалку.
- Не знаю. Но с удовольствием куда-нибудь слиняла бы из дома.
- Приходи к нам. Моя мама будет готовить манты. Ты ела когда-нибудь манты?
- Нет, что это?
- Ну что я буду объяснять. Вот попробуешь и узнаешь, - улыбнулся он.
- Это что-то национальное? У тебя интересная фамилия - Карху. А как тебя по отчеству?
- Алексович.
- Твоего отца звали Алекс? Он что... был иностранцем?
- Нет, он питерский. Ну ты придешь?
- Да... приду... Это, наверное, будет лучше, чем болтаться по улицам.

***

После школы, выполнив домашние задания, Катя засобиралась к Алику.
Когда она была уже у двери, вошел отец.
- Ты куда? - поинтересовался он.

- К Алику.

- Оставь его адрес.

- Зачем? - удивилась Катя.

- Договоренность была уже давно, что мы должны знать, где ты находишься, и быть с тобой всегда на связи.

- Но у меня же есть телефон.

- У телефона может закончиться зарядка и, вообще, может потеряться.

- Ну да, его еще могут украсть - ты про это забыл сказать... Хорошо, хорошо... - закивала Катя, поняв, что переборщила. - Сейчас только вот бумагу достану... Все... Готово. Теперь уж я свободна, надеюсь. Пока, папочка.

Катя, чмокнув отца, ушла.

Алем взял листок с адресом в руки и прикрепил его к стенду, куда подкалывались все важные, но краткосрочные записки.

Взгляд его упал на короткую и необычную фамилию юноши - Карху.

«Карху означает медведь по-фински. Наши предки, наверное, получили такую фамилию за свою комплекцию», - смеялся его друг детства - высокий, здоровый. Был, видно, в отца. Растила сына мать одна. (Как и другие женщины, проживающие в их коммунальной квартире. А точнсс - сго и Люськина мать.)

Мать Алекса была очень худой, болезненной. Ей часто вызывали скорую из-за ее сердца.

Алексу, или Алику (так его многие звали), было пятнадцать, когда его матери не стало. Умерла же она после того, как заболела двухсторонней пневмонией. Это ли была причина или у нее не выдержало сердце, Алем не знал. Ему самому тогда было тринадцать.

Мать Алема, чтоб мальчишку не забрали в детдом, оформила над ним опекунство.

Алексу как раз исполнилось восемнадцать, когда их начали расселять. Думали еще: что же будет, если его призовут в армию. Но в армию Алекса почему-то не забрали.

После расселения их дома они с Алексом встречались довольно редко. Алем даже не знал его точного адреса. Встречались друзья всегда где-нибудь в городе - на ходу. Алекс устроился на работу в Финляндию: благодаря матери он хорошо знал финский язык. Работал на фурах, ездил между Финляндией и Россией.

Алем слышал о том, что его бывший сосед купил себе где-то в лесу, под Выборгом, дачу и, приезжая в Россию, чаще останавливался там. До Питера не доезжал, но отзванивался. Потом звонки совсем прекратились.

«Надо же… еще один Карху выискался», - удивился Алем. Но, увидев отчество мальчика (Катерина, видимо, написала его из вредности), понял, что речь идет о его друге. Было совсем маловероятным, чтобы с необычной фамилией совпало и необычное имя.

Мужчина заволновался. Они так давно не виделись - его приятель как-то вдруг исчез. А у него же у самого такое закрутилось в личной жизни, что было не до поисков затерявшегося друга. И вот он нашелся сам.

Как хорошо, что он заставил дочь оставить эту записку. Иначе так бы и не знал, что отец знакомого дочери - его давний хороший друг.

- Куда это Катя опять убежала? - спросила Маша, выглянув из кухни. - Ты где? Батюшки, куда все подевались?

Нет, он не мог оставаться дома, дожидаясь дочь, чтоб узнать все подробней. Хорошо, что не успел машину отогнать в гараж.

Алем, пока ехал, представлял их встречу: как друг обрадуется, как они потом, сидя (как обычно) на кухне, будут вспоминать их жизнь в их коммунальной квартире. Было тесно, но весело. И будут удивляться, как повернулось в их жизни так, что их дети не только встретились, но оказались еще в одной паре, а они даже об этом не знали. Вот будет смеху!

С легкостью, в предчувствии радостной и неожиданной (для друга) встречи взлетел на третий этаж. Интересно, кто ему откроет дверь? Хотелось бы, чтоб не жена и не сын, а он сам - его давний, закадычный друг.

Он заметил, что кто-то посмотрел в глазок. Дверь отворялась медленно. За дверью, видимо, получили небольшой шок. Значит, на обратной стороне был, несомненно, его друг - карху.

Дверь наконец-таки отворилась. Перед ним стояла... Динара. Если бы среди лета выпал снег, он бы не был так удивлен. Ни одна молния на свете не могла бы так поразить мужчину, как представшая перед ним женщина, которую он искал все эти долгие годы... Даже уже как-то незаметно для себя оказавшись в гражданском браке, не оставлял надежды найти ее.

- Динара?!

- Ты позвонил в дверь моей квартиры и удивляешься, что это я?

- Я предполагал...

И только тут до него дошло. Она и его друг... его самый закадычный друг... Они - пара! И не просто пара, а семья!

- Папа? Что ты здесь делаешь? - послышался голос Кати из-за Динариной спины.

Он заметил, как Динара вздрогнула.

- Я?.. Проезжая мимо, решил, что могу по пути прихватить тебя.

Ну вот этого Катя никак не ожидала! Краем глаза увидела, как Алик как-то странно улыбнулся. Или ей это просто показалось?

- Да, конечно... Спасибо, папочка!.. Пока, Алик! До свидания, тетя Динара!

Глава 4

В машине девочка еле сдерживала желание выплеснуть все, что она думает о произошедшем. Из-за напряженно сжатых зубов и губ во рту стала скапливаться слюна. Катя проглатывала ее, стараясь, чтоб это было не слышно. Ни один звук не должен был прорваться наружу: знала, что ее молчаливый укор - самое большое наказание для отца.

Тишина в машине затянулась. Катя сделала попытку незаметно взглянуть на отца. Он ехал, сосредоточенно думая о чем-то своем.

- Папа, с мамой все в порядке? - испугалась она от внезапно осепившей сс мысли.

- Что?

- Что-то с мамой?.. Ну… говори же! Что ты

глядишь так на меня?.. Папа, что ты делаешь? Осторожно! Смотри на дорогу.

Чуть ли не из-под самых колес выскочила откуда-то взявшаяся собака.

Алем остановился. Ему надо успокоиться, он все-таки не один в машине.

- Папа, ну говори же! Не молчи!

Алем посмотрел на дочь недоуменно.

- Я хочу знать, все ли в порядке с мамой.

- С мамой?.. С мамой все в порядке. Почему ты об этом спрашиваешь?

Катя облегченно вздохнула. Сейчас для нее это самое главное: с мамой все в порядке. А то что отец вначале потребовал адрес, а потом еще и заявился туда - это все пустяки. Сейчас это все не важно. Главное, с мамой все в порядке!

- Мы поедем или так и будем стоять?

Он только тут заметил, что до сих пор стоит. Так... надо взять себя в руки, до дома осталось всего пять минут. Катерину уже напугал. Ему бы не хотелось, чтобы вопросы стала задавать еще и Маша.

- Или... нет, постой! Давай поговорим.

- О чем?

- О том, о чем вы хотели поговорить со мной.

- Нам лучше вначале доехать до дома.

- Я хочу поговорить с тобой без мамы.

- Ну хорошо. Начнем с того, что ты знаешь или - вернее - что ты помнишь? Ты, вероятно, что-то вспомнила.

- Я вспомнила, когда я впервые увидела тебя. Мне так хотелось, чтоб у меня был папа... Скажи, это я вас воссоединила?

- Можно сказать так.

- А кто мой настоящий отец?

- Это уже...

- ...мамин секрет. И рассекречивать его она сама должна.

- Как хорошо, что ты уже такая большая.

- Меньше проблем?

- Да... проблемы... - Алем вздохнул, хотя он изо всех сил старался скрыть от дочери свою озабоченность.

- Ты так смотрел на тетю Динару... Ты ее знаешь?

- Да, мы когда-то были знакомы.

- Ну что мы стоим? Заводи уже мотор! Мне холодно.

До дома ехали молча.

Алем, высадив Катю, поехал в гараж.

- Катерина, где ты была? - спросила ее мать, когда та вошла в квартиру. - Вначале ты пропала, потом отец.

- Я была у Алика. Папа заехал меня забрать оттуда.

- Понятно. Есть будешь?

- Нет. Тетя Динара нас накормила.

- Динара?..

- Ты ее знаешь?

- Знакомое имя... - медленно проговорила Маша.

- А папа ее точно знает.

- Откуда это тебе известно?

- Он сам сказал.

- Он... ужинал с вами?

- Кто?

- Отец.

- Нет. Я же тебе сказала: папа туда заехал, чтоб забрать меня. И мне это, честно говоря, не очень понравилось. Если бы папа не вошел по дороге в ступор, я бы с ним часок уж точно не разговаривала.

- В какой ступор?

- Да такой, что чуть собаку не задавил! Я даже испугалась, что что-то случилось с тобой. А когда узнала, что с тобой все в порядке, сходу простила ему. Такой уж папа был какой-то... в трансе что ли. Мам, ты чего?.. Вы что, меня по очереди решили пугать?

- Голова что-то закружилась. Если ты сыта, иди ложись: тебе завтра рано вставать.

Мать, повернувшись, пошла в сторону гостиной. Дочь посмотрела вслед матери долгим и тревожным взглядом.

Когда Алем, придя домой, вошел в спальню, Маша уже спала. Алем, стараясь не шуметь, разделся и лег рядом.

- Динара, Динарочка, неужели это правда? Я нашел тебя, - произнес он чуть слышно, не в силах удержать бушующие в себе чувства. На какое-то мгновение то, что она оказалась чужой женой и матерью ребенка мужчины, когда-то бывшего ему другом, отошло на второй план.

Динара почти не изменилась, стала только более женственной.

Но потом он вспомнил. О ней и об Алексе. Динара и Алекс? Как это могло случиться? Два близких для него человека предали его?.. «Как ты могла, Динара? Как?.. Я так верил в нашу любовь. И никуда эти мои чувства не исчезли. И вряд ли когда-нибудь исчезнут», - подумал он мучительно.

Неужели Люська рассказала ей?.. Хотя по Динариной реакции на это не похоже. Или он ей настолько уже стал безразличен?

Сон не шел. Кровать стала казаться тесной. Он взял подушку и пошел в гостиную на диван.

Маша открыла глаза.

***

На другой день, когда Алем проснулся, дома никого уже не было. Как же он ничего не услышал? Правда, он уснул только под утро, но в любом случае он спит всегда чутко.

Кроме работы в клубе у Алема был свой кабинет. Принимал он четыре раза в неделю, но сегодня у него был выходной. Были еще часы в университете, но и там сегодня было всего два часа работы. Так что во второй половине дня он был абсолютно свободен.

После лекций сразу вернулся домой. Катя, видимо, ушла на тренировки, а Маша придет с работы только вечером.

Он подошел к стенду. Записки там не было. Куда это она могла подеваться? Ах да, он же брал ее с собой, когда ринулся вслед за своей дочерью к другу - как ему тогда еще думалось - Алексу.

Алем стал лихорадочно искать записку по карманам - нашел. Телефон, к счастью, был не Алика, а домашний.

У них же домашнего телефона не было, у каждого был свой сотовый.

Если он позвонит с сотового на домашний, у них на домашнем отразится его номер? Хотя

32

вряд ли Алекс сейчас дома - скорее всего, на работе. Или где-нибудь в дороге. Может же он и до сих пор работать на фурах. Надо было у Катерины поспрашивать. Нет, он сошел с ума: втягивать в это дело дочь!

То что он потихоньку сходит с ума, в этом можно было не сомневаться. Алем уже минут десять ходит по квартире с телефоном в руке и никак не решится набрать ее домашний номер телефона. Он даже в молодости не был таким нерешительным.

Как бы Алем над собой не подтрунивал, не поругивал - его трясло мелкой дрожью. Опять услышать ее голос... Им даже вчера поговорить не удалось.

- В конце концов, она моя жена - будь она там хоть трижды замужем, - произнес он вслух и начал набирать номер с записки.

- Да... - настороженно произнесли на том конце провода.

«Похоже, она не одна дома», - пожалел он уже о своем звонке.

- Алё, говорите...

Голос смягчился и даже - ему показалось - был ободряющим.

Было бы смешно отключаться, тем более у них мог быть определитель номера.

- Здравствуй! Это я...

Если она его не узнает, он просто нажмет на красную кнопку.

- Здравствуй, Алем.

- Думал, не узнаешь, - выдохнул он.

- Узнала, как видишь. Почувствовала даже, что звонок от тебя.

Он ободрился.

- Нам нужно поговорить. Но я бы не хотел по телефону.

На другом конце провода было молчание.

- Я не сделал ничего, чтоб ты мне отказала во встрече. Или сделал?

- Нет, - коротко ответила Динара.

Алем облегченно вздохнул. Она не знает про ту ночь. Если быть справедливым - он тоже не знает про ту ночь. Во всяком случае, ничего не помнит. Такого бы никогда в жизни не случилось, если бы он хотя бы что-то соображал. Ему надо будет все же рассказать ей; раньше, чем это сделает Люська. Если вообще она посмеет рассказать Динаре о той ночи. Но это не важно. Он должен это сделать и вымолить у нее прощение.

- Где мы встретимся?

- Ты знаешь теперь, где я живу.

- Можно прийти к тебе?

- Но не в кафе же нам назначать свидание.

Кафе - это она сказала к слову или вспомнила их первое свидание?

- Хорошо. Но как к этому отнесется Алекс? Он будет на работе?

- Алекс?.. Алем, твоего друга давно уже нет в живых.

- Как?.. Почему? Что произошло?..

- Вот поэтому я и хочу, чтоб ты пришел сюда. Нам на самом деле о многом надо с тобой поговорить.

***

Динара заглянула в комнату сына.

- Алик, ты разве еще не ушел?

- Все-все... ухожу.

- Не забудь мусор выкинуть.

- Мамочка, давай вечером, я очень спешу.

- Хорошо. Скажи, а вы с Катей дружите или просто...

- Мы с Катей просто дружим. Да. Я хотел ее немного поддержать. У нее...

Алик замолчал, не будучи уверенный в том, стоит ли рассказывать о Катиных проблемах, хотя у них с матерью никогда не было секретов.

- Тебе не обязательно все мне рассказывать, - догадалась Динара о причине заминки сына, - тем более о своих подругах.

- Ну, мама, я тебе уже сказал, что мы с ней просто друзья.

- Хорошо… Я просто хочу, чтоб ты имел в виду на будущее.

- Мама, а что это за альбом? - спросил Алик, взяв в руки со стола альбом. - Здесь такие старые фотографии.
- Это не мой. Я его прихватила нечаянно. Мне надо его отдать.
- У кого ты его прихватила?
- У Алема... Равиливича.
- Вы знакомы? И так давно?
- Они были друзьями с Алексом.
- Он знал моего отца? Почему ты мне сразу не сказала? Ой! - среагировал Алик на фотографию, выпавшую из альбома. - Я? Откуда здесь моя фотография? Ну нет, это, конечно же, не я. Тем более что фотография черно-белая. Но так похожи.

Динара взяла из его рук фотографию. Она так впилась в него глазами, так была ею занята, что не услышала звонка.

Вздрогнула, когда в комнату вошел Алем с Аликом, открывшим ему дверь.

- Иди же!.. Ты спешил, кажется... - как-то необычно для сына жестко проговорила она.
- Хорошо, - сказал Алик, удивленно посмотрев на мать.
«Зря она так с ним, - подумал Алем. - Как

будто быстрей хочет избавиться от Алика. Что он может подумать?» На нее это не было похоже. Хотя… столько лет прошло…

Когда Алик вышел из комнаты, Алем, не удержавшись, упрекнул ее:

- Зачем ты так с ним?
- Смеется тот, кто смеется последним?..

Она стояла у стола. Протянула руку к вазе, взяла ее и - развернувшись - со всего размаха кинула на стену. Ваза - вдребезги разбившись - разлетелась осколками по комнате.

«Это точно была Люська», - страдальчески подумал Алем. По дороге, проезжая рядом с гостиницей, через стеклянные двери мельком увидел женщину, похожую на Люську. Но как дети, закрыв глаза ладонями, думают, что они спрятались, так и он предпочел ошибиться.

«Неужели рассказала?.. Когда успела?.. И главное - зачем?» - лихорадочно думал он.

- Убирайся! Забирай свой альбом и уходи! Да… фотографию свою не забудь, - смахнув ее на пол, выкрикнула она.

- Люська… И когда только она успела?.. - проговорил Алем сквозь зубы, поднимая с пола фотографию.

Подняв фотографию, он выпрямился и тут

же наткнулся на ее взгляд. Он уже не был злым, а больше растерянным и даже испуганным.

- «Люська...» Ты видел Люсю?

Алем уже ничего не понимал. Кладя фотографию в свой альбом, машинально посмотрел на нее. Что-то заставило Алема задержать ее в руках. Это действительно была его фотография, на ней он был в возрасте шестнадцати лет. И она уж очень сильно напоминала ему юношу, который совсем недавно покинул эту комнату, - вот почему ему казалось, что он где-то видел этого парнишку. Нет, нигде раньше он его не видел. Просто он очень сильно напоминал его.

- Ты... ты столько лет растила нашего сына и молчала? И не просто молчала, а сбежала!

- Вашего?! Он мой! Его вообще без меня бы не было!

- Конечно же твой. Но и мой тоже! Ты не можешь этого отрицать, тем более что в наше время доказать это очень легко. Теперь понятно, почему ты тогда вся была в слезах. У вас уже был роман с Алексом. Ты, видимо, собиралась уехать вместе с Алексом в Финляндию - а тут ребенок. Ты что... боялась, что ребенок спутает все ваши планы?

- Не смей! Не смей о нем такое говорить! Он был тебе другом. Во всяком случае, у тебя был настоящий друг...

Большие карие глаза наполнились слезами.

Вот из-за чего он не сразу признал сына. У Алика были серые глаза - а у него так же, как и у Динары, глаза были карие.

- Только не это... - проговорил он, обессиленно опустившись на диван. Вот почему на полу лежат осколки... Вот что она имела в виду, говоря «вашего». Это был не Динарин сын, а их: его и Люськи. - Прости... ради бога!
- Ты действительно видел Люсю?

Было видно, что ее сейчас волновал только этот вопрос.

- Мне так показалось... Прости! Я сделаю все, чтобы защитить вас. Но только для этого я должен быть в курсе, как это все так получилось? - тихо проговорил он.
- Как?.. Тебе не кажется, что на этот вопрос первым должен ответить ты: как это у вас так все получилось?

В ее взгляде не было уже злости - в них была боль, которая отозвалась в нем онемением рук и беспорядочными ударами сердца.

Динара поняла. Она вышла из комнаты и вскоре появилась со стаканом воды.

Сейчас самое главное для нее было - не лишиться сына.

«Есть ли у Люси на это права?» - лихорадочно думала Динара о биологической матери Алика.

Поддавшись ей, Динара сделала довольно серьезные ошибки.

Стоит ли обо всем рассказывать Алему? А кто еще ее может, действительно, защитить от нее? И если бы только от нее...

Глава 5

Когда Алик прибежал на стадион, Катя уже тренировалась. Юноша быстренько переоделся и подкатил к ней.

- Чуть не опоздал.

- Да, это на тебя не похоже. И что тебя так могло задержать?

- Один альбом. А точнее, история наших с тобой родителей.

- История наших родителей? О чем ты?

- Представляешь, наши отцы, оказывается, были знакомы.

- С чего ты взял?

- У мамы оказался альбом с фотографиями, который принадлежит твоему отцу.

- У твоей мамы?.. Как он мог оказаться у твоей мамы?

- Я у нее об этом и спросил. Вот тогда и узнал, что наши отцы были знакомы.

- То-то папа мне сказал, что твое лицо ему кого-то напоминает. Ты похож на отца?

- Я?.. Нет... не думаю... Отец мой был по национальности финн.

- А если точнее - ингерманландец.

- Как раз таки - если быть точным - финн. Его предки в свое время приехали в Советский Союз на заработки. Ну а потом, как ты знаешь, наверное, из истории, угодили в места отдаленные.

- Вернее, не столь отдаленные, - поправила его Катя.

- В том-то и дело, что отдаленные. Его мама, моя бабушка, родилась в Сибири. Она два раза перенесла двухстороннюю пневмонию. Третью не выдержала. Но я не об этом сейчас. Финны, знаешь, в основном светлые, но во мне больше татарской крови. И потому я такой красивый, - засмеялся Алик.

- А я, значит, такая блондинистая и некрасивая?

- Очень даже красивая. Только... не в моем вкусе. Извини... но мне темненькие нравятся. А вот Эрик - тот что из Америки вернулся - глаз с тебя не сводит. Ты уж точно в его вкусе, да ты и сама это видишь, - только почему он подойти к тебе не решается? Вроде он такой весь из себя бравый.

- А ты еще не знаешь историю его друга?

- Нет. Какую?

- Ладно, это не важно, мы сейчас не об этом.

Она смотрела на него серьезно и изучающе.

- Мой отец тоже по национальности татарин. Ты знаешь об этом?

- Нет. Но имя его - да - похоже больше на восточное. Почему ты так смотришь на меня?

- Потому что… мне тоже твое лицо как-то все больше становится знакомым.

- Чем больше мы друг друга знаем? - опять засмеялся Алик.

- Чем дальше в лес, тем больше дров.

Катя покатила к борту.

- Собираетесь сегодня тренироваться или вам требуется нянька? Мы же с вами почти уже все отработали.

- Наш тренер, похоже, сегодня не совсем в духе, - проговорил Алик, догнав Катю. - И по-моему, не только он. Ты куда вообще собралась? Что с тобой - можешь сказать?

Катерина, ничего не ответив, развернулась и покатила к тренеру.

Алик остался ее ждать: пусть уж они там сами разбираются.

К удивлению Алика, поговорив с тренером, Катя покинула лед. Тренер махнул ему рукой.

Похоже, тренировка отменяется.

- Эрик, - крикнул тренер высокому светло-волосому парню, который, проходя мимо, чуть притормозил, бросив взгляд на Катю. - Ты уже закончил тренировку?

- Да.

- Ты на машине?

- Да, - опять ответил юноша коротко.

- Подвези Катерину хотя бы до метро, она плохо себя чувствует. Я обещал ее отцу за ней присмотреть, - пробормотал он, уже отходя от них.

- Не нужно меня никуда подвозить! - Катя, надев чехлы на свои коньки, быстро зашагала в сторону раздевалки.

Выйдя на улицу, девушка сразу же увидела поджидавшего ее Эрика. Этого красавчика невозможно было не заметить. В Эрика на самом деле были влюблены многие. Он был новеньким здесь, раньше жил с родителями в США.

Алик говорил правду. Эрик посматривал на нее часто, но старался это делать незаметно. И когда она, чувствуя его взгляд, оборачивалась в его сторону, тот тут же отводил глаза. Такая игра в конце концов ей надоела, к тому же он был старше ее почти на четыре года. А потом появился Алик, почти ровесник. Но она, видите ли, не в его вкусе. И это история с их отцами...

Она не заметила, как Эрик догнал ее.

- Садись! - скомандовал юноша, остановив машину сбоку от нее.

- Не утруждайся, я сама дойду.

- Садись, если ты не хочешь, чтоб я тебя на руках в машину занес.

Катя машинально посмотрела на его руки. Они были сильные, с красивыми пальцами. Их взгляды встретились. И Катя заметила, как эти красивые пальцы чуть дрогнули.

Она ухмыльнулась; секунду подумав, села.

Они ехали молча. Это начало ее понемногу раздражать.

- Скажи, почему ты ведешь себя со мной как лиса с виноградом. Или нет, немного иначе: смотреть можно - трогать нельзя?

Он посмотрел на нее так, как мужчины (в фильмах) смотрят на свою возлюбленную. Она не выдержала, отвела взгляд и какое-то время смотрела прямо, на дорогу.

- Я не могу встречаться с тобой, а спать с другими, - проговорил вдруг юноша с какой-то серьезной грустью.

- С чего ты решил, что я собираюсь с тобой спать, - вспыхнула Катя. - Я, кстати, сейчас в возрасте Джульетты. И даже чуть старше.

- Но мой возраст далек от возраста Ромео.

- Подумаешь - восемнадцать. Я, значит, для

тебя малявка. Или у тебя, как говорится, шведский синдром. Вообще-то нет... это, наверное, нужно назвать по-другому. А если коротко - ты просто трус.

- Как же быстро эта история распространилась. Да-а... если не хочешь, чтоб о чем-то не знали, не говори ни-ко-му. К тому же еще все переврут, переиначат.

- Твоего американского друга в США посадили за связь с малолетней. Как - я правильную получила информацию? - спросила Катя Эрика задиристо.

- Малолетней?.. Его девушке было почти восемнадцать, а ему - двадцать два. Как только она забеременела, он сделал ей предложение. Но кто-то уже доложил, и его арестовали.

- Быть этого не может!

Она смотрела на него в диком изумлении.

- И это еще не все. Мой друг на всю жизнь получил клеймо педофила.

- Но там, в суде, разве не понимали, что они так рушат жизнь троих людей: двоих молодых и одного, еще даже не родившегося.

- В суде? - усмехнулся Эрик. - В суде такие деньги крутятся. Все адвокаты думают только об одном: чтоб его выиграть и заработать.

- Прости, я не знала таких подробностей.

- Давай я тебя довезу до дому. Или... подари

мне хотя бы этот день - посидим где-нибудь с тобой в кафе, в ресторан ведь не пойдешь?

- Хорошо. Вон то кафе неплохое.

В кафе, когда Эрик попытался рассказать о своей жизни в США, она его прервала:

- Я не хочу слышать об этой стране ничего. Хотя бы какое-то время.

- Какое-то время?

- Ну... мы же можем иногда приходить сюда. Я не буду вмешиваться в твою личную жизнь. Интересно... со сколькими ты успеешь переспать, пока я стану совершеннолетней. Нет, не говори! Ничего не хочу знать об этом!

- Я собираюсь в Германию.

- В Германию? Почему в Германию?

- Хочу связать свою жизнь в ближайшем будущем с тренерской работой. Из-за спорта с учебой не всегда хорошо складывалось. А там у меня будет меньше конкуренции. Будучи на месте легче обустроиться.

- Но почему именно в Германии?

- У меня есть немецкие корни, и там у меня много родных и друзей. Я слишком долго жил вдали от России. И кто его знает, может, когда-нибудь вернусь сюда навсегда, но сейчас нужно подумать о будущем. Догонять упущенное уже поздно.

- Слишком большая для тебя здесь конкуренция?

- Жизнь состоит не только из спорта.

- У тебя, значит, в Германии родственники... - Катя решила перевести их разговор в другое русло, она и так его достаточно пощипала. - Да, корни. Это, наверное, важно... Некоторые даже могут и не знать о своих корнях... Значит, скоро я тебя уже больше не увижу. - Катя не замечала, что смотрит на Эрика с грустью.

- Да, но на твое совершеннолетие я приеду обязательно. Так что, если будешь отмечать его в ресторане, одно место за мной.

- Ты думаешь, ты и через четыре года меня будешь помнить?

- Разве тебя можно забыть. Ты как первый цветок весенник в ботаническом саду.

- На который смотреть можно - а срывать нельзя?

- Не спеши с этим - не дай себя сорвать раньше времени. Если даже мы не встретимся, я тебя буду вспоминать как что-то такое светлое, манящее и...

- Недоступное?

Он улыбнулся, ничего не ответив.

- Значит, в следующий раз мы будет вот так вместе сидеть уже только на моем совершенно-летии? Мне почему-то кажется, что ты на моем празднике обязательно появишься.

- Мы можем встречаться до моего отъезда просто друзьями, если это тебя устроит.

- Мне сейчас как раз именно друг и нужен, - проговорила Катя задумчиво.

- Но вы, мне кажется, с Аликом хорошие друзья.

- Ты уверен, что мы с ним просто друзья?

- Уверен.

- И как же ты в этом удостоверился?

- Удостоверился? Хотя ты права. Меня этот вопрос немного волновал.

- Тогда ты, может, и это знаешь: что я не в его вкусе.

- Ему нравится черноглазая дочка нашего аранжировщика.

- Эта юная поэтесса?

- Ну она всего лишь на год моложе тебя. И между ними разница меньше, чем между нами.

- Да, мы с Аликом просто друзья, но как раз таки с ним я сейчас не могу быть откровенна.

- У тебя проблемы?

- Может да... а может... и нет. Пока до конца не разобралась.

Эрик подвез Катю к ее дому. Прощаясь, она быстро чмокнула его в щеку. Он вспыхнул. «Он меня на самом деле любит», - подумала Катя, убегая. Почувствовала, как загорелись ее щеки. Такого у нее с Аликом никогда не было. Значит, чувства, испытываемые ею к Алику, на самом деле только дружеские? Ей от этого стало легче. От этого и образовавшаяся проблема полегчала.

Глава 6

- В тот самый день, когда ты получила то злополучное известие, я должен был, как ты помнишь, уехать в командировку; но поездку перенесли на другой день, - начал свой рассказ Алем. - Я вернулся домой, нашел тебя в слезах и все понял. Я не хотел, чтоб ты увидела меня таким безутешным: я так хотел с тобой ребенка. Я решил вначале успокоиться, для того чтобы потом суметь поддержать тебя.

Я сделал ошибку - пошел в бар. В этом баре оказалась Люська. Она уговорила меня поехать к ней отоспаться: ты все равно думала, что я в командировке.

Я был тогда слишком пьян, чтоб что-либо соображать. Что было потом - я даже не помню. О случившемся между нами я догадался, когда обнаружил себя утром в постели с обнаженной Люськой.

- И как же Люся тебе все это объяснила? - спросила Динара напряженно.

- Ты думаешь, я с ней объяснялся. Я ушел оттуда, хлопнув дверью. Не удивлюсь, если ей пришлось потом вставлять в окна стекла: даже за дверью было слышно, как они задребезжали.

- Я знала, что ты не уехал. Я заметила тебя в окно, когда ты подошел к нашему подъезду. Краем зрения я видела, как ты стоял у двери гостиной, в которой я была. Я осознавала, что ты все понял, - я не решалась взглянуть на тебя. А потом... - Было видно, что до сих пор ей тяжело это вспоминать. - Потом ты ушел.

- Прости меня... прости... - произнес Алем, обессиленно закрыв лицо руками. - Я думал, что ты меня не заметила. Иначе я никогда бы не ушел.

«Получается, я в логово врага добровольно пошла», - подумала Динара.

После случившегося, она собрала вещи. Их было не так много, основные вещи остались в ее квартире, вернее в квартире бабушки, доставшейся потом ей.

Динара решила не просто уйти, а уйти так, чтоб он ее не нашел. Она знала, что он ее будет искать. Алем ее любил. Разрывать отношения с любимым человеком нелегко. Она должна была ему в этом помочь. Ведь счастье, перемешанное с болью, результата хорошего не даст.

Они могли бы усыновить, но мужчина даже к своему новорожденному ребенку не сразу привыкает. К тому же Динара по молодости не знала - настоящая любовь никогда не проходит.

Вопрос встал - куда? Куда уйти, чтоб Алем не нашел ее?.. Динара знала, кто ей в этом с удовольствием поможет и ни за что не проговорится - Люся.

С Люсей она познакомилась в больнице. Динара тогда еще была студенткой, училась на врача-акушера. Учеба заканчивалась, и она уже могла подрабатывать акушеркой.

Люсю привезли после выкидыша. Из больничного листа она узнала, что это у пациентки уже второй выкидыш. И - самое ужасное - в обоих случаях плод был уже довольно большой. Организм у Люси был крепкий, но у нее были беспорядочные месячные, поэтому проследить за циклом она не могла.

У Динары закралось подозрение в том, что выкидыши у пациентки искусственные. Сама она что-то делает или ей кто-то помогает? Чтоб как-то это выяснить, Динара стала ей уделять много внимания и времени, пытаясь быть с ней поближе, надеясь, что она раскроется. Нужно было выявить - не занимается ли кто-то преступной деятельностью.

Но конечно, узнать ничего не удалось. Врач при Динаре уже пыталась пристрастно это выяснить, после того как пациентке уже оказали помощь. И вряд ли после всего этого Люся ей, акушерке, проговорилась бы.

Люся и не думала с ней откровенничать, но приняла Динарино внимание за желание с ней подружиться. Динаре же идти на попятную было неудобно. Люся должна была скоро уйти, и пути их разошлись бы естественным образом. Но не так скоро суждено было этому случиться.

Однажды, войдя в Люсину палату, увидела ее, стоящей у окна.

- Динара, иди сюда! - позвала ее Люся.

- Это моя спасительница! - крикнула она стоящему внизу парню. - И ее зовут Ди-на-ра!

- Здравствуйте, Динара! А я Алем.

- Алем? - проговорила Динара удивленно, повернувшись к Люсе.

- Да, он, как и ты, татарин.

Динару позвали, и она повернулась, чтоб уйти.

- Пока, Динара! - послышалось снизу.

Она была вынуждена помахать ему рукой.

- Это был твой парень? - спросила Динара, когда они вместе с Люсей ужинали.

Люся чуть не подавилась.

- Алем мой бывший сосед по коммуналке. Наш дом расселили, но мы два раза в год все встречаемся. Он не сразу пришел, потому что был очень занят. Алем днем учится, а вечером тренирует детей.

- Кого он тренирует-то?

- Фигуристов, - ответила Люся, как-то на нее странно посмотрев.

«Люсе, по-моему, не очень-то нравится мое любопытство», - подумала девушка и больше вопросов о молодом человеке не задавала.

Глава 7

Возможно, Алем раньше и был очень занят, но с того дня он стал приходить каждый день (время посещения только менялось), но Люся ее к окну больше не подзывала.

Но Динара все же его увидела - у входа в больницу с большим букетом роз.

- Роженицу встречаете? - проговорила она, пытаясь скрыть смущение, прекрасно понимая, кого Алем поджидает. К девушке многие были неравнодушны, но заинтересовать ее собой еще никому всерьез не удавалось.

- Новорожденный - это я, а цветы - вам.

Динара, конечно, понимала Люсю: не влюбиться в такого парня было невозможно. Кроме умного взгляда, привлекательной внешности и физической натренированности, в Алеме привлекало так же и то, как красиво и свободно он держится. «Чему удивляться, он же фигурист», - подумала она, выпрямляя свою спину.

Может быть, это и нехорошо с ее стороны, но шансов у Люси на молодого человека все равно не было никаких.

Позвонили на его телефон.

- Да, Ксеня... - ласково произнес Алем. - Приду, конечно приду.

Девушка заволновалась.

«Не рановато ли для ревности?» - подумала она, пытаясь скрыть непрошеные чувства.

- Я совсем забыл, что сегодняшний день у меня занят. И вообще, в последнее время что-то голова моя плохо работает, - проговорил он, посмотрев на нее многозначительно.

«Только бы он не был женат, только бы он не был женат», - взмолилась Динара, отвечая ему легкой улыбкой.

- У меня сегодня встреча, но мы могли бы пойти вместе.

- Вместе?

- У Ксении (это дочь моего друга) сегодня первые серьезные соревнования. Ксюша у меня тренировалась, будучи малышкой. Они с отцом очень просили, чтоб я пришел поддержать ее.

- Вот какое у тебя свидание, - проговорила она облегченно.

Динара заметила направленный на нее его вопросительно-внимательный взгляд. «Еще не хватало, чтоб Алем подумал, что я успела его приревновать», - подумала она, хотя испытала именно это чувство.

- Может, все же тебе лучше пойти одному. Я, наверное, буду только мешать, - проговорила она, не заметив, как перешла на «ты».

- А мне кажется, наоборот: я не смогу сосредоточиться, потому что буду думать совсем не о том, - ответил ей Алем, сдержанно улыбнувшись.

Динара засомневалась - вот так за парнем сразу бежать...

- Я понимаю - ты только с работы, но там есть хорошее кафе. Это, конечно, не ресторан, - продолжил он уговаривать ее.

- Я не начинаю свидания с ресторанов, - прервала она его и тут же покраснела.

- Ну тогда в путь!

«У него есть чувство такта, - констатировала Динара приятный и очень немаловажный для нее факт: внешне на какое-то мгновение он отреагировал на ее слово «свидание», но тут же стер это выражение с лица.

Он знает себе цену. Но и Динара знала себе цену. Поклонников у нее было много. Но как трудно найти себе человека по душе! Вернее, такого, чтоб и химия сработала. Здесь с химией все было в порядке. «Даже, похоже, чересчур», - подумала Динара, вспомнив, как на лету приревновала его.

- Люся мне сказала, что ты тренируешь и учишься.

Нет, у нее, похоже, с головой тоже сегодня не совсем в порядке. Теперь Алем знает, что она интересовалась о нем.

- Да, - ответил он. Было видно, что ему все труднее скрывать удовольствие от услышанного.

- Люся сама завела этот разговор, - почему-то стала она оправдываться. - И вообще, мне кажется, она влюблена в тебя, - попыталась она перевести разговор в другое русло, поняв, что совсем уже загнала себя в угол.

И это ей удалось.

- Люся?! С чего бы это? Она моя бывшая соседка - не более.

«Видимо, Люся тоже понимает, что шансов у нее нет, коли даже не намекнула ему о своих чувствах», - успокоилась Динара на будущее. Спорить с ним на эту тему и говорить о своих наблюдениях не стала.

Да... будущее… не слишком ли она спешит. Будет ли оно - это «будущее»?.. Но поймав его взгляд, поняла - шансы на будущее у нее есть.

- Я учусь и тренирую детей. Подростком я подавал большие надежды, но в шестнадцать лет получил травму. До серьезных тренировок было далеко. Когда я пошел на поправку, меня пригласил в группу малышей в качестве помощника мой бывший тренер. Это должно было быть временным. Но мне ужасно понравилась не столько сама тренерская работа - а работа с детьми. Я у мамы один. И мне всегда хотелось братика или сестренку, но в маминой ситуации это было невозможно. Мама меня с десяти лет растила одна. Отец у меня был летчиком. Моя мать до сих пор хранит любовь и верность ему.

Алем не заметил того, что не сказал об отце самого главного - что с ним случилось. Динара не стала спрашивать, догадавшись, каким был бы ответ.

- Я видел то, как мама испугалась, когда я попал в больницу, - продолжил он. - Ведь она отдала меня в секцию, чтоб был чем-то занят, а не болтался неизвестно где и с кем. На маме одной лежала ответственность за мое будущее и за мое воспитание.

Я решил в большой спорт не возвращаться

и, закончив школу, пошел учиться на детского психолога. У меня также оказался тренерский талант, так что продолжаю тренировать малышей.

***

Как только Алем с Динарой вошли во Дворец спорта, к ним подбежала девочка.

- Алем!

- Ой, ты чего здесь делаешь, тебе же надо готовиться!

- Я на минутку, хотела удостовериться, что ты придешь. Теперь я точно ничего не боюсь, - проговорила она, убегая.

- «Алем»?.. Дети называют тебя просто по имени и на «ты»?

- Она меня знает с тех пор, как мне было чуть больше шестнадцати лет, когда я просто помогал их тренеру. Для тех детишек я так и остался просто Алемом. Здесь можно неплохо перекусить, - сказал он, когда они вошли в кафе. - Что ты будешь?

- Спасибо, я сама, - проговорила Динара, вытаскивая кошелек и просматривая меню.

- Нет, так не пойдет. Дай мне выполнить свою мужскую миссию, - попросил он Динару.

- Если только в следующий раз угощать

60

буду я. - Поняв свою очередную оплошность, она густо покраснела.

- Не возражаю, - с легкостью ответил Алем, искусно скрывая от нее свое удовлетворение от ее предложения.

В кафе было много родителей с детьми.

- Это, наверное, редкость, когда молодые люди идут учиться на детского психолога, - продолжила беседу Динара, когда они сели за стол.

- Ты ведь знаешь, как много детей растет без отцов. Одна из причин, кроме прочего, при разводе детей оставляют с матерями.

- Ты против этого?

- Нет, я не об этом хотел сказать. О том, что мальчики лишены отцовской заботы и отцовского внимания, помощи и понимания. Матерям иногда трудно справиться с мальчишками, и тогда кто, как не детский психолог мужчина, может лучше помочь этим ребятам, а матерям разобраться в своих сыновьях.

Вот некоторые говорят, что к детям надо относиться как к взрослым. Это было бы легко. И это не совсем правильно.

- Возможно, так говоря, имеют ввиду, что к ребенку нужно относиться как к личности: с уважением, доверием и любовью.

- Это даже не обсуждается. Конечно же к ним надо относиться именно как к личности, но в то же время еще не созревшей личности. Да, дети иногда подыгрывают взрослым, пытающимся с ними шутить наравне.

- Но и в то же время мысленно крутят пальцем у виска? - засмеялась Динара, чтоб как-то разрядить обстановку: разговор становился слишком серьезным, а настроение у нее было как никогда приподнятое.

- Меня, по-моему, занесло. Мне лучше эту тему не начинать.

- Ты мог бы написать диссертацию.

- Чем я и собираюсь заняться.

- Ты будешь поступать в аспирантуру?

- Да, я бы хотел. Поэтому и тренерскую работу не бросаю.

- Набираешь себе там материал?

- И материал и деньги.

- Алем, вот ты говорил, что у тебя отец был летчиком, разве... Извини, я не должна была об этом заговаривать.

- Ты имеешь ввиду материальную сторону? Родители мои знали, что дом пойдет под снос (правда, не знали, что это затянется на годы), поэтому они деньги вложили в дачу. Отец все свободное время проводил там. Но когда отца не стало, его родители под нажимом старшего сына отобрали у нас ее.

- Как это?

- А ты не знаешь о существовании такого

закона? Родители тоже имеют право на капитал своих детей.

- Подожди, а как же сын-сирота? И потом - закон законом - что, твои бабушка с дедушкой не понимали, что их внуку еще надо учиться; а продав дачу, у вас не было бы проблем с деньгами? Или у них так было плохо материально?

- Нет, они живут в двухкомнатной квартире почти в центре Казани. И дачу тоже имеют.

- Тогда я совсем ничего не понимаю.

- А я вот понял, когда после раздела увидел дядину шикарную машину. Дом у него уже был, а вот, видимо, на машину-люкс денег у него не хватало.

- Ты с ними общаешься?

- Нет. Мама звонит родителям отца, справляется об их здоровье; а я же перестал с ними общаться еще в детстве. Не мог я простить то, что пережил. Мама после похорон отца чуть в больницу не попала. А они в этот же день - день похорон - наняли себе адвоката на передел имущества. А мама не стала никого нанимать: она потеряла любимого человека, ей было ни до чего. Я боялся, что вслед за отцом потеряю и мать.

- У них еще есть внуки? Может, ты не был для них таким уж любимым?

- Нет. Внуков у них больше нет. Когда у дяди дела шли хорошо - он менял женщин как перчатки. А потом у него все пошло на спад. И женщины, естественно, исчезли - терпеть его причины не стало.

Извини… что-то мы не о том говорим на нашем первом свидании, - улыбнулся Алем. И Динара удостоверилась, что он ее «свидание» все же зафиксировал.

Алем прислушался к объявлению.
- Нам пора. Скоро выход Ксении.

Девочка выступала хорошо; только в конце, не рассчитав разгона, чтоб не удариться об борт, сделала резкий поворот и упала.

По лицу Алема было видно, что он переживает. Динара почувствовала, что он переживает больше, чем показывает.
- Извини, мне нужно подойти к ней. Ты подождешь меня?
- Да, конечно.
«Он будет хорошим отцом», - улыбнулась она своим мыслям.

Он вернулся минут через десять.
- Ну как?
- Я убедил ее, что лучше идти на вершину потихонечку, - чем сразу, завоевав ее, начать падать вниз. К сожалению, часто их психика не выдерживает ответственности, ожиданий после завоеванной вершины. Ксения выступила все же хорошо и получила неплохие баллы - так

что все в порядке. И мы с тобой свободны. И я обещаю никаких больше серьезных разговоров. Во всяком случае, с моей стороны.

***

- Выйдя со стадиона на улицу, Динара с Алемом пошли на остановку такси.

- Как это получилось, что мы весь вечер проговорили обо мне?

- Ты отвечал на мои вопросы. И я подозреваю, что ты обо мне что-то знаешь. Я видела, как Люся спускалась к тебе.

- И каждый раз говорила мне, что ты очень занята.

- Да... у меня обычно много работы, - не стала Динара подводить Люсю: зачем добивать побежденного. - Интересно, что ты уже знаешь обо мне?

- Ты работаешь акушеркой после медицинского училища.

- Не совсем верно. Я пока подрабатываю только, потому что я все еще учусь на врача-акушера.

«И Люся твоя об этом прекрасно знает», - хотелось ей добавить. Но она не стала, тем более что зарабатывала сейчас добавочные очки.

Хотя было понятно: для него ее статус не имел значения. И это было очень приятно.

- Похоже, Люся не все знает, - улыбнулся он.

Динара отвела взгляд в сторону.

- И похоже, свою историю тебе надо самой рассказать. Для чего предлагаю поехать ко мне на чашку кофе, как говорят. На самом деле могу и ужином накормить: я хорошо готовлю.

- Правда? Это уже новое для меня в твоей биографии.

- У меня мама хорошо готовит, а я часто торчал рядом с ней на кухне.

- Ты живешь с мамой?

- Нет, она уехала на Урал присматривать за бабушкой. Мне кажется, она это сделала из-за меня тоже. У нас квартира двухкомнатная. На две квартиры мы не потянули, а маме очень хочется внуков. А так как у моей мамы были все время проблемы со свекровью, хотя жили врозь (комната была мамина), она решила, что так будет мне легче создать и удержать семью. Ну вот... мы опять обо мне. И ты не ответила на мой вопрос.

- Я сыта, спасибо за приглашение на ужин. А так, по-моему, все же принято девушку провожать до дома, а не молодого человека.

- Да, но вначале обязательно надо зайти к молодому человеку на чашечку кофе или чая. Иначе получается: парень провожает девушку, потом начинает предпринимать усилия, чтоб девушка пригласила его на чай или там еще на какое-либо питье. Позже девушке трудно сказать парню, чтоб тот остался. И наоборот: если девушка не хочет, чтоб он остался, она начинает лихорадочно думать, как бы спровадить его так, чтоб он не обиделся. А еще хуже - ответить на его действия по той же самой причине - чтоб не обидеть.

Алем пытался показать всем своим видом, что шутит, но глаза выдавали: в них светилась надежда.

- Резонно, - подыграла она ему. - А в гостях у парня все будет иначе?

- Конечно. Молодому человеку не трудно предложить девушке, чтоб она осталась. И он примет без обиды любой ее ответ. Женщины - царицы, им все позволено.

- Тоже резонно, - засмеялась Динара, помахав рукой появившемуся такси.

- Мы сделаем так, - сказала она, когда они сели на заднее сиденье, - мы попрощаемся в такси, не выходя. И это же такси отвезет тебя домой. Это приказ царицы.

- Надеюсь, царица снизойдет до того, чтоб дать мне номер телефона.

- Называй свой номер, и я позвоню тебе.

Когда телефон Алема зазвонил, он ответил:

- Привет, Динара! Хочу тебя поблагодарить

за этот прекрасный вечер. Мне даже не верится, что ты сидишь рядом, и я могу прикоснуться к тебе, стоит мне протянуть руку.

- Лучше не надо. И не забывай, что я тоже проходила психологию.

- Хорошо, но я теперь буду свободен только через два дня. Ужас!

Такси остановилось.

Динара, помедлив, прикоснулась губами к его щеке и сразу вышла.

Таксист буквально рванул с места.

«Подслушивал и подглядывал, - подумала она о таксисте. - Испугался, что Алем выйдет вслед за мной и он останется без пассажира».

Глава 8

Через три дня ужин у Алема все же состоялся. Подав ему пальто и бросив на ходу: «Я не останусь», Динара прошла вперед.

- Ты сделал манты, - произнесла она, учуяв запах знакомой еды.

- Ты любишь?

- Да, особенно с кусочками мяса. Но сама я готовлю из фарша, так быстрей.

- Значит, сегодня будут твои любимые - с мясом.

Квартира блистала чистотой. «Это всегда у него так или же в честь моего прихода сделана генеральная уборка? - подумала она. - Скорее первое, если учесть то, что мама его даже готовить научила».

К концу вечера Динара очень пожалела о своей брошенной фразе. Не только потому, что созрела к следующему шагу в их отношениях (за два дня ожидания она очень даже созрела) - у нее появилось чувство, что они всегда были вместе и другого быть просто не могло. Динара ощущала здесь себя дома. В квартире бабушки она чувствовала себя не очень уютно; скучала по своей, родительской, в Москве. Может, роль играла и запущенность бабушкиной квартиры. Ее надо было бы отремонтировать. Но когда ее родители предлагали бабушке помощь, она никак не соглашалась, жалела их деньги. Динара решила, что займется ремонтом, когда начнет зарабатывать: также не хотела, чтоб родители тратились на нее.

Ну что же... Что было, то было сказано. К тому же это не последний день в их жизни. И все же с тоской подумала: «Когда он опять еще будет свободен?..» К тому же это была самая подходящая для их первой близости ночь: с субботы на воскресение.

- Ты на самом деле собираешься пить кофе на ночь? - спросила она Алема, когда он после их ужина с мантами достал кофе.

- На самом деле... я хочу поцеловать тебя, - сказал Алем, поставив пачку с кофе обратно на стол и прямо посмотрев на нее.

- Тебе на это нужно разрешение?
- Нет, уже не нужно.

По тому, с какой нежностью и осторожностью Алем прикоснулся к ее губам, она поняла, что он действительно не решался ее поцеловать. Ему на самом деле нужно было быть уверенным, что она тоже хочет этого. Такое в мужчине для нее было ново - его внешний вид просто кричал о темпераменте. Может, отсюда и такая сдержанность: чтоб не вылилось через край?.. Или его чувства настолько сильны, что боится своим действием оттолкнуть?

- Мне пора, - проговорила Динара, боясь взглянуть ему в глаза и выдать то, как она хочет быть с ним.

Попросив его, чтоб вызвал такси, пошла в прихожую.

Алем опередил ее. Сняв верхнюю одежду с вешалки, помог одеться.

- Я отвезу тебя сам.

- У тебя есть машина? - удивилась Динара, вспомнив, то что до стадиона и обратно они добирались на такси.

- Пришлось приобрести. Оказалось - такси не надежное средство передвижения.

Когда они доехали, он, не смотря на нее, произнес:

- Где можно оставить машину на ночь?

Динара какое-то мгновение сидела молча. Но когда он обернулся и посмотрел ей прямо в глаза, махнула рукой на свободное место у дома.

- Можешь оставить ее там - у нас мест нет специальных.

- Скажи, - спросил он, обняв ее, когда они очутились в прихожей ее квартиры, - женщина рай или ад?

- Зависит от отношения к ней мужчины.

- Ты для меня рай, и я очень боюсь быть сброшенным оттуда.

- Если нас сбросят - сбросят обоих.

- Тогда я ничего не боюсь.

В этот раз поцелуй был смелым и жгучим. Она почувствовала слабость в ногах. Он понял - подхватил ее на руки.

Она не ошиблась в его темпераменте.

Ничего уже молодого человека не могло остановить в выражении его желания, страсти и любви.

Никогда и ни с кем Динара не была так счастлива, так желанна и так любима.

- Я не хочу больше ни одной ночи быть без тебя, - проговорил Алем, зарываясь в ее распущенные вьющиеся волосы. - Переезжай ко мне, пожалуйста!

- Да, моя квартира не так хороша, как твоя.

- При расселении мы с мамой попали в новый дом. Разреши мне помочь отремонтировать твою квартиру.

- Сюда надо вкладываться. Ты только что купил машину, - небось, влез в долги. Так что о материальной помощи разговора даже быть не может. Я же скоро начну работать врачом. Буду откладывать потихоньку на ремонт. И вообще, я не хочу, чтоб у нас были денежные разговоры с тобой.

- Хорошо, тогда можем сделать иначе: ты переедешь ко мне, а квартиру сдашь. Район ваш хороший, желающих снять эту квартиру будет много. Вот тебе и деньги на ремонт.

- Сдам гостиную, а спальню... - Она чуть было не сказала, что оставит за собой на случай, чтоб было куда вернуться. - А в спальню сложу свои вещи, - нашлась она.

- Я тебя никогда и никуда от себя не отпущу.

Она забыла, на кого он учится.

***

Никогда не говори никогда. Утром раздался телефонный звонок.

- Странно... мой домашний номер... Алё!..

73

Мама?.. Ты здесь?.. Но когда... ты почему не сообщила, я бы встретил тебя. Да... конечно... я скоро буду.

- Приехала твоя мама?

- Да.

Алем казался растерянным.

- Мама никогда не приезжала, не предупредив. Надеюсь, с ней все в порядке.

- Доедешь, узнаешь. Не заставляй ее ждать.

- Ты завтра работаешь?

- До обеда, а потом надо в университет. Ты уж побудь с мамой, хотя бы несколько дней.

- Ну почему я такой невезучий?.. Ладно... главное, чтоб с мамой все было хорошо. И я вас познакомлю.

- Ой, нет. Тебе не кажется, что еще рано?

- Мне, нет. Но если ты не хочешь...

- Давай уж не будем пока поднимать этот вопрос. Тебе надо еще до дома доехать.

***

- Под окнами роддома стояли мужчины и выкрикивали имена матерей своих новорожденных детей. Вдруг среди имен она услышала выкрикиваемое знакомым голосом свое имя. Алем, как только увидел ее в окне, замахал ей рукой. Она помахала ему в ответ и пошла вниз.

- Что-то случилось?

- У тебя отключен телефон, а мне ужасно захотелось посмешить тебя. Моей маме, правда, было не до смеху.

- Алем, родной мой, я на работе. У нас пять минут. Так что начинай уже смешить.

- Мама моя, правда, не сразу раскололась - зачем приехала, но не выдержала: между нами никогда не было секретов. В общем, моя мама получила письмо с коротким извещением, что я связался с такой девицей, которая из роддома не вылезает.

- Что? Не поняла.

- Я тоже не сразу понял. Ну а когда дошло - чуть не умер со смеху. Мама даже под конец заулыбалась. А я-то ей и говорю: «Вообще-то, мама, это правда. Моя девушка действительно оттуда почти не вылезает». Тут уж мама совсем расстроилась.

- Я все равно ничего не понимаю. Что это все значит, при чем тут роддом.

- Да вот при том - ей дали понять, что моя девушка бегает в это заведение делать аборты.

- Ничего себе шуточки.

- Особенно для моей мамы: она могла себе позволить только одного ребенка, теперь у нее вся надежда только на меня. Очень уж внуков ей хочется. Да ты не красней - всему свое время, - сказал Алем, быстро поцеловав ее в губы.

75

- И что же твоя мать? - попыталась Динара увести разговор в другое русло.

- Она, конечно, после моих слов вообще в ступор вошла. А я и продолжаю: «Она там, в принципе, каждый день почти бывает - с этим заведением связана ее профессия». - «Так она акушерка?» - воскликнула она. Видела бы ты радость в ее глазах.

«Мог бы и подкорректировать, что без пяти минут врач», - подумала она. Уж очень Динаре хотелось заработать как можно больше очков в глазах матери ее любимого.

- Странно… - задумчиво проговорил Алем, - кому это надо было?

«А ты не догадываешься?» - подумала она. Динара абсолютно была уверена, что это дело рук Люси. Кто же еще мог быть в курсе местонахождения его матери. Алем рассказывал, что они в коммуналке жили как одна семья.

Нет, зря она прекратила общение с Люсей. Люся ей позванивала, но у Динары на самом деле не было времени, да и желания. И только теперь она поняла, насколько Люся вхожа в их круг. Было бы глупо с ее стороны открывать им сейчас глаза. Получится, что она оговаривает ее, тем более - где доказательства?

Правду говорят, что врагов надо держать близко от себя. Что еще она может придумать, чтоб их разлучить? Хоть ума у нее не хватает, фантазии ей не занимать. Если начнет тренировать ее, может выдумать что-то и поумней.

- Мама очень хочет познакомиться с тобой, - прервал Алем ее мысли.
- А не рановато еще?
- Для меня нет. К тому же она послезавтра уезжает.
- Я подумаю. Мне пора.
- Я заеду завтра за тобой?
- Я тебе позвоню.
- Хорошо.

Глава 9

Алем позвонил Динаре рано утром, по всей вероятности боясь, что она на работе опять отключит телефон.

- Привет. Извини, что рано. Надеюсь, что не разбудил.

- Я уже завтракаю. Я решила - я приду. Но знаешь что… пригласи ты и Люсю тоже. Будет меньше напряга.

- Хорошо, - не совсем уверенно проговорил Алем. - Если смогу с ней связаться.

- Ты уж постарайся, - не оставила она ему выбора.

Если не до него, может, до матери дойдет: из-за кого она проделала такой путь.

- Только не говорите Люсе, что я тоже буду.

Пусть будет для нее сюрприз - мы давно с ней не виделись.

- Хорошо. Для меня главное, что придешь ты. Целую. Пока, солнышко мое.

- Пока. Я тебя тоже крепко целую.

Алем, чтоб поддержать девушку, встретил ее у метро.

Когда они вошли в его квартиру, из кухни высунулась голова мамы.

- Пришли?

- Здравствуйте, - проговорила Динара чуть смущенно.

- Здравствуй, Динарочка, - ответила женщина так, как будто они были сто лет знакомы. - Алем, поухаживай-ка за нашей гостьей, я тут немного занята еще.

Мать Алема исчезла, но после нее из кухни выплыла Люся. Динара еле удержала усмешку. У Люси глаза округлились, рот был приоткрыт.

- Привет, Люся! - нарочито радостно проговорила Динара. - Давно не виделись.

- Привет, - ответила Люся, чуть ли не запинаясь.

- Люсенька, помоги мне! - послышалось из кухни.

В следующий момент что-то грохнуло на пол.

- Люся, да что с тобой?

«Да!.. Что же это с ней?.. - с сарказмом подумала Динара. - Хорошо, что она сама еще не грохнулась».

Мама Алема вышла с большим подносом, на которых лежали ее любимые треугольники. Динарина мама их очень вкусно выпекала, но сама Динара их никогда не готовила.

- Сынок, мойте руки и проходите к столу.

Как все это напомнило родительский дом: знакомые запахи их национальных блюд; мама, хозяйка дома, хлопочущая вокруг гостей. Как она по всему этому скучает. Учиться в Питер из Москвы приехала из-за бабушки, она была уже старенькой и часто болела. К сожалению, через год ее не стало.

Вопрос - оставаться ей в Петербурге или возвращаться в Москву - был еще не решен. И из-за этого тоже тянула с ремонтом и не продумала, куда пойдет работать, хотя до окончания вуза осталось немного.

А теперь же, когда она встретила мужчину своей мечты, вопрос этот отпадал сам собой. Динара будет там, где будет Алем, и никому не даст разрушить свое счастье.

Посреди гостиной стоял стол, уставленный разными яствами. «Чак-чак скорее привезла с собой», - подумала Динара, увидев свое любимое лакомство.

- Ну вот теперь мы можем уже нормально поздороваться.

Мама Алема подошла и обняла ее.

«Боже, я же не спросила у Алема, как зовут ее», - подумала Динара, ответив на ее объятия и смущенно улыбаясь.

- Адиля Азатовна, мне как, воду нести?.. - выручила ее Люся.

- Да, Люсенька, пора.

«Не ревнуй, - приказала себе Динара. - Не забывай, это все для тебя устроено».

Люся принесла из кухни не чайник, а большой термос с носиком.

- Как удобно, - восхитилась Динара. - Не надо воду все время кипятить. Я себе такой же куплю.

- Я думаю, что вам и этого хватит, - просто проговорила мама Алема. Динара не почувствовала в ее словах ни уловки, ни намека. Для матери Алема вопрос был решен.

«Я ей понравилась, - обрадовалась она. - Скорее, я ей уже заочно понравилась. И за это должна быть благодаря Люсе, которая оказала себе медвежью услугу, - теперь любая другая девушка, после той, из записки, будет матери Алема хороша».

Это поняла - вероятно - и Люся. Люся, не замечая, кусала себе губы. Только вглядевшись в нее, Динара заметила страх в ее глазах. «Она боится... - догадалась Динара. - Боится, что раскроется, чье это было письмо». Ей вдруг стало жаль Люсю. Они ведь много лет жили в одной квартире. Со стороны можно было подумать, что это одна семья. Чего Люся боится лишиться больше всего?.. Его (она прекрасно понимает - он никогда не будет с ней) или их семьи? Динара ничего не знала о ее родителях, в роддоме никто из них Люсю не навещал.

В конце вечера Адиля Азатовна спросила у девушек: откуда они знакомы. Динара заметила встревоженный взгляд Люси.

- Через Алема, - ответила Динара. (Алема как раз не было в комнате.) Хорошо, она не спросила, как Динара познакомились с Алемом. Это было удивительно: то что она не проявляла любопытство в отношение сына. В то же время - как в случае с термосом - говорила прямо о вещах для нее само собой разумеющихся.

***

- Мы доедем сами, на метро, - сказала Динара Алему, когда тот начал собираться вместе с ними, чтоб проводить.

- Я подвезу вас хотя бы до метро.

- Тут идти-то... Мама твоя завтра уезжает,

побудь с ней. И с посудой помоги: она нам не дала помыть ее.

- Мытье посуды мама никому не доверяет. Она говорит, что гости уйдут, а посуда останется. Мама моя должна быть уверена, что посуда помыта чисто, - улыбнулся Алем.

- Надеюсь, у тебя тоже есть такая черта, - засмеялась Динара.

- Даже не надейся. Купим посудомоечную, - добавил он, не стирая улыбки с лица.

Динара заметила, как Люся стрельнула в их сторону взглядом. Может, зря она ее жалеет?

До метро от дома Алема было минут пять ходьбы. Хорошо, что Динаре потом с Люсей в разные стороны.

- Спасибо, что не сказала Адиле Азатовне, где мы познакомились, - поблагодарила Люся ее неожиданно. - Мне все равно, что говорят обо мне. Кроме мамы Алема.

«И почему я в этом не сомневаюсь?» - с усмешкой подумала Динара.

- Я многим ей обязана, - продолжила Люся.

- Почему же тогда...

Динара поймала ее встревоженный взгляд.

- Почему твои родителя тебя не навещали? - резко повернула она тему разговора. - Они не в Питере живут?

- В Киришах.

- Но это не так далеко.

- Мы с мамой редко видимся, а папу так совсем давно, с детства, не видела. Если он вообще мне родной отец. Во всяком случае, он в этом сомневается.

Динара промолчала, ожидая продолжения ее рассказа. На самом деле Люся продолжила:

- Мы ведь до того, как вернуться в мамину коммунальную квартиру, где жил так же Алем с родителями, жили у отца.

Мне было пять лет, когда папа уличил маму в измене. Никогда не забуду, как мама стояла перед ним на коленях и рыдала, обняв его ноги. Но папа ее не простил. Тогда он и в отцовстве засомневался. Они не были расписаны, развод поэтому у них произошел быстро.

С двенадцати лет я часто стала оставаться одна. Мама каждую неделю на несколько дней куда-то уходила. Перед уходом она приносила домой много продуктов (кто-то, видимо, ей на это выдавал деньги), но готовой еды почти не оставляла.

Однажды мать Алема мне сказала: «Люся, жизнь иногда диктует свои правила. Тебе придется повзрослеть раньше твоих сверстников» - и стала учить меня готовить еду. Мама моя не очень хорошо готовила. Я даже не знала, что еда может быть такой вкусной. Адиля Азатовна начала учить с простого - у меня оказались способности. В четырнадцать лет я уже готовила очень хорошо и, благодаря маме Алема, умела многое.

После школы я попробовала поступить на повара, но провалила экзамены. Мама Алема переговорила с заведующей кафе, где готовили восточные блюда, чтоб меня взяли в ученицы. В ученицах я там пробыла всего месяц, меня перевели в повара - а через год я стала уже правой рукой шеф повара.

При расселении мы с мамой получили однокомнатную квартиру. Я не хотела смириться с тем, что у меня даже отдельной комнаты никогда не будет. Я стала на всем экономить. Подзаняла еще денег у заведующей кафе и поменяла нашу однушку на двухкомнатную. И вот - после всего проделанного - мама заявила, что она переезжает в Кириши. Только тут мама призналась, что встречалась с моим отцом. Она случайно столкнулась с ним в Питере, куда он приезжал по делам. И он понял, что любовь его не прошла.

«Но почему ты мне не сказала об этом?» - удивилась я. «Он думает, что ты не его дочь». - «Пожалуйста, скажи мне правду, я уже большая: я его дочь?» - задала я ей прямой вопрос. «Я не уверена», - ответила она. «Мама, ну скажи мне правду!» - «Я на самом деле не знаю», - проговорила она, уводя взгляд в сторону.

- Люся, но это можно проверить, ты ведь знаешь.

- Нет, пусть будут уже там, вместе. Неизвестно, как он опять среагирует, окончательно узнав не очень для него приятный факт... Я заметила, что тебе понравились треугольники, - резко изменила Люся тему разговора.

- Это ты их испекла?..

- Я не знала... - Люся запнулась.

«Что ты печешь их для меня», - мысленно договорила за нее Динара.

- Слушай, - сделала она вид, что не поняла, что Люся хотела ей сказать, - ты можешь меня научить?

«Пусть она выбирает сама: хочет со мной общаться или нет», - решила Динара.

- Да, конечно.

Динара могла поклясться, что тон у Люси был радостный.

- Когда ты будешь свободна? - Радость ее немного спала. - Только не в воскресение: по воскресениям я работаю.

- Хорошо. Как насчет понедельника?

- Да, понедельник меня устраивает. Давай я тебе сейчас позвоню, чтоб ты зафиксировала мой номер, - сказала Люся, доставая из своей сумки телефон.

Говорят, змея рано или поздно ужалит. Но не дрессировщика и не друга. Хотя, бывают ли у змей друзья?

Что бы там ни было, они начали общаться.

Со стороны могло показаться, что они на самом деле подруги и довольно близкие. Было видно, что Алем так и думал. И было видно, что это его удивляло.

***

Люсина квартира была хорошо обставлена. Похоже, что зарабатывала она неплохо. Динара с Люсей в основном встречались на ее квартире. Домой, к Алему, старалась не приглашать. Но Люся находила причины иногда появляться у них. Возможно, потому, что Алем, как бы Люся не пыталась зазвать их к себе вместе, порога ее квартиры не переступал. Отсюда Динара сделала для себя два вывода: первое - то что у Люси есть зависимость от своих чувств к ее Алему; второе - что Алем начинает это понимать.

Любимый на ее защиту диплома преподнес необычный подарок - сделал ей предложение. Динару это обрадовало и смутило. Она как-то прочитала, что молодые люди только после двадцати пяти лет начинают различать любовь от увлечения. Ее любимый молодой человек еще не перешел этот рубеж. И она знала, что значит для него женитьба, - дети. А ей хотелось наконец-то начать работать врачом, нормально зарабатывать и пожить еще жизнью молодой девушки. И как это все ему объяснить?

- Алем, я счастлива, я рада и горда, что ты хочешь, чтоб я стала твоей навсегда. Хотя я и так от тебя никуда не денусь. Подумай, мы с тобой только получили дипломы. У нас будет наконец-то время друг для друга. Давай уж не будем спешить.

- Ты не уверена во мне? - спросил он как-то тихо и серьезно.

- На сегодняшний день - да, уверена.

- Но в наше будущее - нет?

- Я даже представить не могу, чтоб у меня был бы кто-то другой.

- Что же тебе мешает?

- Я уже объяснила тебе причину. Ты так смотришь на меня, как будто теряешь меня.

- Мне на самом деле так кажется.

- Хорошо. Давай сделаем никах (венчание). Перед всевышним мы станем мужем и женой. Только не будем об этом никому говорить пока. Пусть это будет испытанием для нас.

- Ты решила из двух зол выбрать меньшее?

- Печально, если ты это так понимаешь. Получается, роспись на бумаге важнее. Как раз такие браки - в загсах - я бы и называла гражданскими.

- Ну хорошо. Пусть будет по-твоему. - Было видно, что этот разговор Алема расстроил. - Только я не могу это скрыть от мамы.

- Ты хочешь, чтоб твоя мама ради одного дня проделала такой длинный путь?

- Этот длинный путь проделает не она, а мы. Я давно хотел поехать на Урал с тобой. Кроме мамы мне надо бы и бабушку повидать. Как ты думаешь, твои родители смогут туда подъехать?

- Ты все-таки собрался устраивать большой праздник.

- Нет, будут только наши семьи.

- Я, конечно, родителям скажу, но приехать они вряд ли смогут. Оба работают - потом, дачный период. Им будет трудно подстроиться под нас.

- У них есть дача?

- Да. Надеюсь, мы и до наших как-нибудь доедем.

- Значит, собираем чемоданы.

Он заметно повеселел.

Глава 10

Город, куда они приехали и который она пыталась разглядеть из окошка такси, показался ей очень симпатичным, было очень много зелени.

Когда такси стало подниматься по улице Чапаева (Алем всю дорогу называл название мест, через которые они проезжали), тротуары казались аллеями: такие большие деревья росли вдоль них. Слева - сразу же за тротуаром - находился большой парк.

- Как много здесь деревьев! - восхитилась Динара.
- Да, город не большой - а парков целых пять.
- Но здесь кругом зелень!

- Кстати, этот город строили ленинградские архитекторы.

- Вот почему он мне сразу понравился, - засмеялась Динара.

Когда они поднялись почти до конца улицы Чапаева, такси, повернув и проехав небольшой отрезок по прямой дороге, начало спускаться.

- Так интересно: вверх-вниз.

- Ты на Урале, здесь во многих местах так.

- Значит, твои живут внизу?

- Подожди немного.

Доехав до перекрестка, их такси повернуло налево и поехало по самой крутой из тех, что они проехали, улице. Хотя она была такой маленькой, что улицей ее нельзя было назвать. А когда такси поднялось до самого верха - они оказались в кругу. Выход из этого круга был только один - по которому они туда заехали. И здесь тоже у каждого дома росли деревья.

- Мы, можно сказать, в кругу.

- Да, мы так и называем его - кругом.

Выйдя из такси, за домами Динара увидела гору с небольшими домиками.

- На той горе живут люди? - удивилась она.

- Нет, это садовые участки. Но когда я был маленьким, их там не было. Перед этой большой горой, сразу за огородами, есть еще гора -

поменьше, - вот там уже настроили дома. В моем детстве этого тоже не было. Весной она раньше всех подсыхала, и мы на ней играли в «Красное знамя».

- «Красное знамя»?

- О, это очень интересная игра! - В глазах Алема мелькнуло что-то детское.

«Как хорошо, что мы приехали, - подумала Динара. - Это место, похоже, ему очень дорого».

Немаловажно и то, что и ей здесь начинает нравиться. У Алема, очевидно, было хорошее детство. Может, и любовь к детям, и желание помогать им отсюда.

Открылась калитка ворот, перед которыми они остановились, и показалась мама Алема.

- Увидела вас с крыльца. Мы уже ждем не дождемся.

Она вначале подошла к сыну, обняла его, потом к Динаре.

- Надеюсь, не очень утомилась в дороге, - сказала она, обняв также и ее.

- Нет. Мне ужасно интересно. Я никогда не была в этих краях.

- Да, жизни не хватит объехать всю Россию.

- Ну, объехать все невозможно, - вступил в разговор Алем, - но побывать в местах своих предков нужно обязательно. Я почти каждое лето в детстве проводил здесь, - обратился он к Динаре.

- Я могу представить, как тебе здесь было хорошо, - улыбнулась она.

Динара поняла, как мать Алема смогла их увидеть: в их дом нужно было подниматься по высокой лестнице, сверху которой весь их круг был как на ладони.

Из сарая вышла бабушка Алема. В руке она несла большую тарелку с солеными огурцами и помидорами.

Алем заметил удивление в глазах Динары.

- У нас в сарае спуск в погреб, он высотой в два с половиной метра, - там стоят кадки со всякими соленьями.

- Как интересно. Покажешь потом.

Бабушка, увидев внучка, вся расцвела. В отличие от дочери, она вначале подошла к Динаре, обняла ее. Затем, обняв Алема, похлопала его по спине.

- Молодец, балам: в большом городе татарку нашел, да еще такую!

- Бабуль, но я, вроде, тоже ничего, - проговорил он, подмигнув Динаре.

- Ну такая красавица плохого себе не выбрала бы. Адиля, заводи гостей, проголодались небось в дороге.

- Что такое «балам»? - тихо спросила она Алема.

- Ты не знаешь? - удивился Алем.

- Знаешь, я, в отличие от тебя, всю жизнь прожила в столице.

- Это синоним слову сынок, внучок.

- Мама тебя так называет?

- Нет.

- Вот то-то и оно! Благодари бабушку за знание родного языка.

- Я здесь всегда был центром внимания, но похоже, его лишился, - проговорил он ворчливо в ухо Динаре.

- Ничего, дорогой, зато для меня ты будешь всегда номером один. - Она быстро чмокнула его в щеку.

Было видно, что для нее такое внимание со стороны его близких было приятно.

Поужинав, Динара высказала Алему свое пожелание:

- Можем сходить на ту гору?

- Конечно. Я с удовольствием. В последние годы я туда не поднимался, любовался издали.

- Вы уходите? - спросила Адиля Азатовна Динару, когда та начала обуваться на крыльце.

- Да, мы с Алемом будем брать высоту, - кивнула она в сторону горы.

Мать Алема бросила критический взгляд на ее туфли на шпильках.

- Подожди.

Вернулась с прогулочной обувью.

- Я их как раз вчера постирала.

- Вы стираете обувь? В машинке?

- Да, а ты не стираешь?

Динара вспомнила историю с посудой.

- Конечно, - улыбнулась Адиля Азатовна, - я не советую стирать такие туфли в машинке, - она кивнула на ее обувь. - Для этого есть другие средства, но прогулочные покупаю такие, чтоб их можно было стирать.

- И с ними ничего не происходит?

- Как видишь.

- Ну что... идем? - спросил Алем Динару, появившись в проеме дверей.

- Идите, идите! Прогуляйтесь, - ответила вместо нее мама Алема, уходя.

- Погоди.

Динара скинула свои туфли и примерила прогулочные.

- У нас с твоей мамой одинаковый размер обуви, - проговорила она весело.

- Тебе не обязательно быть как моя мама, - пошутил он.

- Ты опять свои психологические штучки, - засмеялась Динара. - Я знаю, что у меня много и своих достоинств.

- Я рад, что ты об этом знаешь. Но если забудешь, я тебе напомню.

- Да? Может, тогда по дороге и начнешь?.. Подожди, а как мы попадем на ту сторону?

- За огородом у нас тоже есть калитка.

«Естественно. Какая же ты недогадливая, девушка с достоинствами», - подколола Динара сама себя.

***

«Спасибо за обувь», - поблагодарила она мысленно свою будущую свекровь, когда они начали подниматься на гору, которая оказалась довольно крутой.

- Какая красота! - восхитилась девушка, когда они поднялись на самую вершину.

- Видишь реку и мост через нее? - спросил Алем, протянув руку вперед.

- Да, вижу.

- В Татарстане этот мост называют самым длинным мостом в мире.

- По реке проходит граница между республиками?

- Да.

- И мост не такой уж длинный; его можно, я думаю, за две минуты проехать.

- Да это такая шутка. Разница во времени между Башкортостаном и Татарстаном два часа.

Алем, посмотрев на часы, продолжил:

- Видишь машину на той стороне? Вот она въехала на мост… Время на часах водителя - четыре. Вот он переехал уже мост, и стрелки на циферблате ему нужно перевести на два часа вперед. Потому что здесь уже шесть часов.

- Ах вот в чем фишка, - засмеялась Динара. - А как же называть мост, если ехать от вас туда.

- Он уже превращается в машину времени. В Альметьевске живет дядя. Я в детстве ездил туда на автобусе. Я выезжал в восемь утра и приезжал туда в восемь утра - они только начинали просыпаться.

- Действительно, машина времени.

- А вообще, у ленинградских архитекторов была задумка построить город так, чтоб река Ик, как Нева, оказалась посреди города. Но для этого нужно было, чтоб Татария отдала Башкирии кусочек земли. Но республика на это не пошла. Чему я очень рад.

- Почему? Это было бы красиво.

- Ты бы хотела лишить нас этого? - спросил он, показав вокруг рукой.

- Действительно, как я об этом не подумала.

- Ты москвичка - в тебе говорит житель большого города. Здесь и так настроили. Если бы не эти садовые участки, мы с тобой могли бы пройти по горе дальше и ты увидела бы за горой лес.

- Здесь рядом лес?

- Минут за двадцать можно дойти.

97

- Ты должен обязательно его показать мне.

- Ты не только можешь посмотреть на лес, но мы можем и ягоды там пособирать. Ты как... любитель?

- Ягод? Конечно.

- Я имел в виду их сбор, - улыбнулся он, обняв ее. - Тебя еще многому надо учить.

- Я обещаю тебе быть хорошей ученицей, - потянувшись к его губам, проговорила она.

Поцелуй на вершине горы, на свежем и чистом воздухе был долгим и сладким.

***

- Они что, уже спят? - проговорила Динара шепотом. - Времени всего половина десятого.

- Это по московскому, а по местному - уже половина двенадцатого. Ты хочешь что-нибудь поесть?

- Я, нет. Мы довольно сытно поели в кафе. Но могу посидеть с тобой.

- Я тоже не хочу. Нам надо лечь пораньше: завтра ответственный день.

Девушка была не против быстрей нырнуть с ним в постель.

В этом доме были три жилые или, точнее,

отапливаемые комнаты. Двери располагались на небольшом пятачке. Одна была слева, как входишь, другая - справа, а третья - напротив входной.

В этой небольшой комнатке - на пятачке - была печь, вроде русской. Возможно, она была выложена по начальному проекту, потому что в доме этом была довольно большая кухня. Было похоже, что кухню пристроили позже. Дверь в которую располагалась налево, как войдешь в коридор. Из коридора же можно было попасть не только в эту маленькую комнату с русской печью, но еще и на веранду, дверь в которую находилась напротив кухонной двери.

«Какая же это веранда? - сказала Динара Алему, когда тот проводил экскурсию по дому. - Это настоящая комната». - «Мы ее так называем, может, потому, что зимой она холодная».

- Ты будешь спать здесь, - сказал Алем, проводив ее в спальню.

- А ты?

- Я на веранде.

Она посмотрела на него непонимающе.

- Одну ночь, - успокоил он ее, поцеловав в лоб. - Завтра мы уже перед богом будем мужем и женой.

Если быть честным до конца, ей казалось - так все будет проще: это не подписи и печати в государственном учреждении, - но вдруг она поняла, что нет - не проще, а еще ответственнее и волнительнее.

«Жаль, уговорила родителей не приезжать, - подумала Динара, укладываясь в постель с огромными пуховыми подушками. - Но теперь уже поздно, приедут на регистрацию в загсе - хотя когда это еще будет. Самое главное должно случиться именно завтра», - наконец-то дошло до нее.

***

В доме, кроме представителя мечети, все были только свои. Оттого происходящее стало еще значимее. Никто и ничто не отвлекало от таинства воссоединения двух сердец. И когда мулла объявил их мужем и женой, она поняла - это свершилось. Она стала его женой. Окончательно и бесповоротно.

У них была настоящая брачная ночь. Он любил ее с такой нежностью, что по щекам ее потекли слезы безграничного счастья и преданности. Как никогда она верила в его чувства, в его любовь. Как часто Динара слышала о том, как новоиспеченная пара после своей свадьбы от усталости еле доползала до постели и отключалась. Свою брачную ночь она не забудет никогда.

Глава 11

На другой день, вечером, Алем повел ее на летнюю танцевальную площадку. До парка они шли пешком вдоль длинной и широкой улицы. Динара сама так захотела. Можно было поехать на автобусе, но после того как Алем сказал, что до парка пешком минут двадцать, она выбрала этот способ передвижения.

- Я всегда хожу пешком, - поддержал он ее. - До центра от нас еще ближе. Его начали строить до того, как решилась проблема с землей Татарии. После отказа город стали строить не вокруг центра, а в противоположную сторону от реки. И все нужные здания к нам оказались близко.

- Ты так говоришь, как будто это твой город. Ты здесь родился?

- Нет, я родился на Неве. Но все каникулы, как я уже говорил, я проводил здесь.

Они прошли почти через весь парк, прежде чем дошли до танцевальной площадки, которая была огорожена высокой железной решеткой. Она заметила, что там собралось много народу.

- Как много людей, - удивилась она.

- Сюда стекается молодежь города, желающая потанцевать, пообщаться.

- Ну и познакомиться, наверное.

Динара улыбнулась, но про себя подумала: наверняка у ее любимого была здесь зазноба. В чем тут же и удостоверилась.

- Алем?

Рядом с ними стояла башкирская красавица. То, что это была не татарка, а башкирка, она поняла по ее немного раскосым глазам. Это ей очень шло, придавало ей сексуальности.

- Привет, - ответил ей Алем. - Ты все еще ходишь на танцы?

- Но ты, по-моему, сейчас находишься там, где и я… Или мне это просто кажется?.. - Она засмеялась, продемонстрировав свои красивые, ровные зубы.

«Девушка знает, что у нее красивый смех, - подумала Динара. - И про свои красивые зубы».

- С подругой своей не хочешь познакомить?

- спросила красотка, без стеснения разглядывая Динару.

- Мою жену, - с ударением произнес он, - зовут Динара.

Динара почувствовала, как ее щеки предательски покрываются краской: Алем впервые представил ее как жену. И видно было, что его бывшая зазноба (в том, что девушка была его бывшая зазнобой, она даже не сомневалась) это поняла.

- Вы, значит, новоиспеченная пара. Красивая, - произнесла девушка, продолжая бесцеремонно ее разглядывать.

- Извини, но мы еще билет не приобрели. Пока. Хорошего тебе вечера.

Алем, приобняв Динару за плечи, повел ее к небольшой будке.

- Хм, вы будете в одном месте находиться несколько часов, и ты говоришь «пока»?

- Это место очень большое, и народу здесь столько, что все начинают разбиваться по своим группам. В нашей компании ее не будет.

- Понятно - вот на что ты ей намекнул. Ты, кстати, ее мне не представил.

- Ты как-то заметила, что это ей было нужно? А тебе, думаю, тем более.

- Она меня назвала красавицей. Ах да! Вот в чем все дело: ей нужно было увидеть, какая я.

Небось, она сюда из-за этого только и пришла. Признавайся, друзья твои знают о том, что ты здесь?

Алем улыбнулся:

- По всей видимости, кто-то действительно доложил ей

- Похоже, тебя это не очень расстраивает.

- Мы с Гузелей не встречались последние четыре года, хотя я сюда приезжаю каждый год. Тебе это о чем-то говорит?

- И как она - четыре года спустя?

- Красивее и роднее тебя я бы никогда никого не нашел. Это неоспоримый факт.

- А она, похоже, так тебя и не забыла.

- Два. - Протянул он деньги в маленькое окошечко.

Алем с Динарой, отдав билеты билетерше, вошли внутрь решетки.

- Солнышко мое, это не ты меня, а я тебя должен ревновать. Посмотри, как на тебя все смотрят.

- Я думаю, они во мне увидели новое лицо. Тут, наверное, все друг друга уже давно знают.

- И это тоже имеет место.

Друг за дружкой стали подходить молодые люди: его тут знали многие.

«Я точно к концу этого вечера привыкну к новому статусу - к статусу жены», - улыбнулась

Динара своим мыслям. Алем с удовольствием представлял ее друзьям как свою жену.

Она увидела, как солист группы помахал Алему.

- Это тоже твой друг? - спросила она его.

- Никитка? С самого детства.

- Этот танец, - произнес громко в микрофон Никита, - посвящается молодой супружеской паре: моему другу из Питера Алему - которого вы тоже здесь многие знаете - и, конечно же, его прекрасной избраннице Динаре.

- У-у-у-у, - загудела танцплощадка, и все захлопали. Хотя хлопанье не было так сильно слышно, как это было бы в крытом помещение, - было видно множество взметнувшихся рук. Может, потому все и хлопали, вытянув ладони вверх.

- В маленьких городах, оказывается, есть свои прелести, - сказала Динара, обернувшись к Алему, счастливо улыбаясь.

Глава 12

Обратно домой возвращались обложенные коробками, в которых были банки с вареньями, с солеными огурцами, помидорами. А также и со всем свежим, что успело вырасти. Динара не отказалась и от высушенной травы. Они теперь будут пить вкусный, натуральный чай.

- Да-а, ты доставила огромное удовольствие моим, согласившись все это взять. Со мной этот номер не проходил.

- Как?.. Ты от всего этого отказывался?.. - откровенно удивилась Динара.

- А куда бы я со всем этим? Хорошо, что машину вовремя приобрел. И я, честно говоря, рад, что тебе все это нравится.

- У меня уже слюни текут, смотря на эти банки.

- Слушай! - Алем резко повернулся к ней. - А ты случайно не...

- Да, прям через неделю все и проявилось, - засмеялась Динара. И уже серьезно добавила: - Ты же обещал, что мы не будем спешить.

- Ну... мы же не предохранялись, вот я и подумал...

- Я подсчитала.

- Ах да, я забыл, что ты это можешь сделать профессионально.

Он пытался все превратить в шутку, но у него не очень получилось.

- Найди по радио башкирскую музыку.

Она решила отвлечь его.

- Я не знал, что ты слушаешь башкирскую музыку, - удивленно произнес Алем.

- Я хочу башкирскую природу созерцать под башкирскую музыку. Честно говоря, я не слушаю не только башкирскую, но и свою - татарскую. Это, конечно, печально. И это надо исправить.

- Сейчас, во всяком случае, в республиках преподают языки республик и, соответственно, культуру.

- Это хорошо. Это просто прекрасно!

Из радио звучала красивая мелодия, а за окном машины мелькали деревья. Под Петербургом тоже есть леса, но земля... земля сильно отличается. Только здесь она поняла, почему ее называют черной, жирной. В лесу не надо было бояться угодить в болото. А запахи! Потому и мед башкирский признан одним из лучших. А картошка! Динара любила картошку, но такую вкусную никогда не ела. Динара и картошку бы взяла, но попросить было неудобно. Но потом увидела, как бабушка Алема положила кулек с картошкой в угол открытого багажника, ворча: «Уезжая из Башкирии, картошку не взять». Она так и называла по старинке республику Баш-кортостан Башкирией.

Ей удалось отвлечь Алема от той темы, но сама потом задумалась - вспомнила беседу со свекровью перед отъездом.

- Динара, я знаю, что вы не хотите спешить с ребенком, - начала свекровь разговор.

«Наверное, знает так же, что это я не хочу спешить, а не ее сын», - занервничала Динара.

Разговор не обещал быть приятным.

- Это, конечно, ваше дело, я не хочу в это вмешиваться; но как старшая и что-то испытав-шая в этой жизни все же хотела бы дать совет.

И это называется - не вмешиваться?

- Женщина должна дать жизнь ребенку не

потому, что вышла замуж, не потому, что у мужа хорошая зарплата, тем более не потому, что так надо, - а потому, что она готова стать матерью. Готова, несмотря ни на какие невзгоды в жизни, быть ребенку хорошей матерью, любить его, защищать, дать ему все, что она в силах. Поставить материнский долг на первое место.

- А если бы вы знали, что будете растить сына многие годы одна, вы бы изменили в этом вопросе что-нибудь?

- Динарочка, как раз я об этом и говорю: если полагаться при создании семьи именно на то, о чем я и сказала в начале, это значит полагаться на что-то хрупкое и - возможно - недолговечное. Иногда одинокая женщина может быть более подготовленной к материнству, чем замужняя. Ты понимаешь, что я имею ввиду? Конечно, идеально, когда дети растут в полной семье, но как часто они разрушаются - эти семьи.

- Нас только смерть сможет разлучить, - немного пафосно, но от всего сердца произнесла Динара - и осеклась. - Простите меня! Пожалуйста, простите, - тихо добавила она.

Динара вспомнила - свекровь с ее мужем, отцом Алема, именно смерть и разлучила.

- Ты до сих пор говоришь со мной на «вы».

Разве же у сына такой матери может быть плохое воспитание? Она готова сквозь землю провалиться, а свекровь ее сделала вид, что не заметила ее бестактную оплошность.

- Спасибо, мама, спасибо за твои советы! Я все поняла.

- Я всегда хотела дочь. Теперь она у меня есть.

Свекровь ласково обняла ее.

- Нам пора.

В дверях стоял Алем.

Глава 13

В Петербург возвращались через Москву: на обратном пути решили заехать к родителям Динары. Дорога длинная, надо было отдохнуть хотя бы одну ночь.

- Ты скучаешь по Москве? - спросил Алем, когда они въехали в столицу.

- Конечно, ведь я родилась здесь. И если бы не моя бабушка, я бы поступала здесь. И если бы не ты, после учебы я бы вернулась в Москву.

Динара посмотрела на него вопросительно.

- Нет, солнышко, я никогда не смогу уехать из Питера. Я думаю, за столько лет ты не могла не полюбить его.

- Да, Питер невозможно не полюбить. Я его люблю уже за то, что встретила там большую любовь. До конца своей жизни.

Динара нежно поцеловала его в щеку. Алем, не смотря на нее, взял ее за подбородок и повернул к себе; после этого, повернувшись к ней уже сам, поцеловал ее в губы.

- Осторожно, милый, здесь такой трафик.

- Да, движение здесь будет похуже, чем в Питере, - глаз да глаз нужен. Ты хотела бы, чтоб я здесь с ума сошел? Мне достаточно того, что меня одна москвичка свела с ума.

- Да, ты умеешь убедить. На том повороте повернешь налево. Остановись у того здания... Вот я и дома, - вздохнула Динара радостно, как только вышла из машины.

- Рановато ты произнесла эту фразу. «Вот я и дома» скажешь тогда, когда мы будем дома. А сейчас ты у дома родителей, от которых уже оторвалась.

***

Родители ее были очень рады их приезду. Отец с Алемом быстро нашли общий язык. После ужина они пошли обсуждать свои мужские темы: спорта и политики. Динара же с матерью, перетаскав посуду и еду из гостиной, где был накрыт для них праздничный стол, уединились на кухне.

- Мама, я так жалею, что отговорила вас от

этой поездки. Как там все было замечательно...

- Мы с отцом подумали, что у тебя есть на это какая-то веская причина.

- Ну что ты, мама! Я просто решила, что это не настоящая свадьба. И очень ошиблась.

- Но если так - все хорошо. Тем более, что Алем нам очень понравился. Самое главное - видно, что он тебя любит. Без проблем в жизни не бывает, но когда есть любовь, они решаются легко.

- В следующий раз мы возьмем вас с собой. Вот уж где можно по-настоящему отдохнуть от суеты большого города.

- Теперь мы с этим спешить не будем - вам надо сосредоточиться друг на друге. Конфетно-букетный период у вас прошел. Или, вернее, вы через него как-то быстро перескочили.

- Мне кажется, у нас этого периода даже не было. Я сразу почувствовала себя его половинкой. Как будто мы всегда знали друг о друге, только никак не могли встретиться.

***

- Я рада, что вы с отцом нашли общий язык, - сказала Динара мужу, когда они, после теплых расставаний с родителями, тронулись в путь.

- Мы и с мамой твоей общий язык нашли.

Но ты права: мне не хватало мужского общения - такого, какое может быть между отцом и уже подросшим сыном.

- Я понимаю: мой папа не может заменить тебе родного отца, но все-таки процентов на пятьдесят это, наверное, возможно. Твоя мама назвала меня дочерью, и ты для моих родителей теперь как сын. Тем более, что папа мечтал о нем, но маме нельзя было больше иметь детей.

- Да... для меня это было новое чувство... Мы с тобой выполним план за родителей тоже, - повернулся Алем к Динаре. - Не волнуйся... мама и со мной на эту тему поговорила - тебя защищает, - улыбнулся он ей ласково.

- Я думаю, что так же и своих будущих внуков, - проговорила она задумчиво.

Когда они стали подъезжать к дому, Алем предложил ей, закинув вещи, сходить в кафе поесть, чтоб после дороги не стоять у плиты.

- Какое еще кафе! Сейчас отварю картошку башкирскую, - вытаскивая кулек из багажника, запротестовала Динара, - соленые помидоры с огурцами на стол - и ужин готов.

- Башкирская картошка? Я не брал ее, она откуда здесь появилась?

- Спасибо бабуленьке твоей. Кстати, надо сообщить всем, что доехали благополучно.

- Как только разгружусь.

- Хорошо, а я же займусь приготовлением ужина.

Глава 14

Началась семейная жизнь. Все свое свободное время они уделяли друг другу. Вместе готовили, если были оба дома; вместе гуляли; вместе смотрели телевизор - и не важно, что Динара к некоторым видам спорта была равнодушна. Например, футбол она раньше никогда не смотрела, но буквально за неделю стала ярой болельщицей.

Однажды Динара, не предупредив его (она не хотела мешать Алему), пришла к нему на тренировку. Детям было годиков по пять. Алем объяснял все движения своим красивым тембром четко, спокойно и в то же время с каким-то теплом, какое может исходить от любящего отца, обучающего своего ребенка. Дети отвечали ему такой же любовью. Видно было, как ребята стараются, чтоб понравиться, получить от него похвалу, на что Алем не скупился.

«Да, мой муж, несмотря на свою молодость, готов к отцовству. Что же меня тогда держит? - подумала она. - Может быть, меня залюбили мои родители?» Родители уделяли ей так много внимания, что она не чувствовала отсутствия других детей в доме. После того как родители узнали, что больше детей им нельзя иметь, они, конечно же, над ней тряслись, не жалели для нее времени, отдавая все внимание ей. «Это что - эгоизм?» - задала она сама себе вопрос.

С этого дня что-то произошло. Каждый раз, когда на ее руках оказывался новорожденный ребенок, включались чувства. Это был не плод ее работы - а это был маленький, тепленький, живой комочек. Каждый из них мог быть их; мог принести в их дом радость детского смеха, детских шажков и нежных, ласковых объятий. До этого же Динара слышала только громкие, раздирающие барабанную перепонку крики. И удовлетворение, что с ребенком все в порядке, раз кричит.

- По-моему, сегодня будет неплохой фильм, если верить рекламе, - сказал вечером, после ужина, Алем. - И как тебе особенно нравится - про страстную любовь.

- У нас с тобой будет своя страстная любовь, - ответила ему Динара, подойдя и проведя губами по его шее.

Алем с ходу возбудился.

- Но, - сказал он, беспомощно оглянувшись на висящий на стене отмеченный календарь, - сегодня нельзя.

- Сегодня нужно.

Он указал ей пальцем на календарь.

- Потому и нужно, - улыбнулась она ему.

В его взгляде было столько любви, нежности и благодарности. Если бы не было этого его взгляда, может, она не приняла бы позже такого, для нее драматического, решения.

Он так был нежен и почти осторожен, что ей пришлось его одернуть.

- Ты чего? У меня же там еще ничего нет, - сказала она, проведя рукой по животу.

Он понял. Алем любил ее так страстно и самозабвенно, как в их первую ночь.

***

Теперь уже Динара безумно хотела ребенка. Если задержка была на два-три дня, она делала анализы. Месяцы шли - ничего не происходило.

На восьмое марта они решили поехать в Москву к ее родителям. Динара хотела сделать матери сюрприз и заодно решить один вопрос, сильно ее волнующий.

117

- Мама, скажи... только не пугайся... я ведь уже большая: я вам родная дочь?

- Что это за вопрос? Конечно, родная. Да ты посмотри - ты же моя копия.

- Извини. Действительно, чего это я.

- Нет, теперь уже ты мне скажи правду: что произошло?

- Мы решили создать семью.

- Прекрасно! Я очень рада!.. - воскликнула мать. - И отец будет ужасно рад. Наверно, тогда пришло время и для загса?

- Как раз таки в этом я очень сомневаюсь.

- Что-то все-таки произошло? - спросила ее мать осторожно, чтоб не вспугнуть дочь, заставить ее раскрыться.

- У нас не получается.

Динара неожиданно для себя разрыдалась. До сих пор она старалась делать вид, что это еще ничего не значит, - ведь у многих не сразу получается. Но после произнесенной ею фразы вслух, осознала действительность до конца.

- Дочь, ну что ты? Времени-то у вас совсем немного прошло. И я вот... - Мать осеклась.

- Я чувствовала, что это у меня наследственное. Мама, ты должна мне все рассказать. - Вытерев слеза, решительно посмотрела на мать.

- Да, мне пришлось долго лечиться, прежде чем у нас получилось. Не паникуй, проверься вначале, - посоветовала мать, ласково обнимая.

Но почему, почему она, работая в роддоме,

до сих пор не проверилась?.. «Да потому что ты боишься, - упрекнула Динара себя, - боишься получить отрицательный ответ - не знаешь о проблеме и говорить о ней не надо».

***

- Закрыть окно - ты не простудишься?

Нет, она проверится сразу, как приедет. И если даже она простынет, никому это в данный момент не будет угрожать.

- Алем, ты так тихо едешь. Здесь, по-моему, скорость может быть выше.

И почему все так совпало? Алем именно в эту ночь, укладываясь спать, сказал ей: «Может, мне надо провериться?»

А она-то думала, что только ее тревожит такая долгая неудача. Возможно, конечно, и то, что он ее просто понял, - понял, о чем она всю дорогу в Москву думала и зачем она, в первую очередь, решила навестить родителей.

- Вначале нужно провериться мне.

- Но ты можешь не спешить, к этому тоже надо морально готовиться.

Алем обнял ее, отвернувшуюся к окошку, и поцеловал в затылок.

На другой день Алем объявил ей, что он через десять дней поедет в командировку. Его попросили сопровождать подростковую группу. Динара знала, что он мог бы отказаться. И она поняла, что Алем дает ей время проделать все в его отсутствии. Так на самом деле ей было бы легче. Отрицательный ответ может ее на какое-то время развалить психологически, после чего ей нужно будет время собрать себя до того, как объявить ему. Она понимала - он психолог от бога. Он знал, что для нее легким будет именно такой путь решения вопроса.

Узнать же результаты анализов она должна была буквально через несколько часов после его отъезда. Но командировка не состоялась - и Алем вернулся. И он увидел ее в том состоянии, из которого ей необходимо было выйти до его приезда домой; в состоянии, по которому можно было понять все без слов.

Она знала то, насколько сильно Алем хочет ребенка. И то что он тогда не подошел, а молча удалился - она могла бы еще понять. Но он не вернулся домой ни ночевать, ни на следующий день.

Глава 15

После того как Динара позвонила в дверь Люсиной квартиры, она услышала приближающиеся шаги. А затем все стихло. Люся всегда вначале смотрела в глазок, потому она не могла не увидеть, что за дверью стоит Динара. Они давно не встречались, Люся всегда была рада ее приходу. Но внутри, за дверью, была тишина. По тому, что не было слышно шагов в обратном направлении от двери, Динара поняла, что Люся все еще там. Но почему она не открывает?

- Люся! - постучала она в дверь. - Ты чего? Почему не открываешь?

Опять тишина; но потом она услышала, как щелкнула задвижка.

- Привет, - проговорила Люся сдержанно и, как показалось Динаре, настороженно.

В глазах ее Динара увидела страх, как тогда, когда они в первый раз встретились в квартире Алема. А может ей показалось? Все возможно: нервы у нее были на пределе.

- Ты что, не собираешься меня приглашать в квартиру? - все больше удивляясь, спросила Динара.

- Проходи конечно! Действительно, я что-то совсем того... - оживилась Люся.

- Ты не заболела? - обеспокоилась Динара, когда они прошли в гостиную.

- Возможно. Что-то я себя не очень хорошо чувствую - прямо в ступор вошла, - стала Люся оправдываться.

- Может, давление? Давай проверю.

Динара стала вытаскивать аппарат из сумки, в которой было много другого. Сумка была довольно вместительной.

- Ты носишь аппарат с собой?

Люся уже не стала говорить об остальном.

- Я как раз с этим вопросом и пришла к тебе, - сказала Динара, включая аппарат. - Но об этом потом, проверим вначале давление.

- А-а! - сказала Люся, хотя видно было, что ничего не поняла.

- А теперь не разговаривай и не шевелись... У тебя давление немного завышено.

- Ты, может, и лекарство с собой имеешь?

- Вначале попробуй чай с лимоном, оно не сильно завышено.

- Лимон закончился.

- А яблочный уксус есть?

- Яблочный уксус?

- Да, это очень сильный антисептик. Так же хорош для сердечников и гипертоников.

- Буду иметь в виду. Да, яблочный уксус у меня есть. Сейчас поставлю чай. Но, может, ты есть хочешь. Я приготовила.

- Ну если уже готово: я сегодня ничего еще не ела.

- Я хотела бы снять у тебя комнату на время, - сказала Динара, когда они перешли к чаю.

- Сколько уксуса класть в чашку? Что?! - воскликнула Люся, округлив глаза, до которой только дошли слова Динары.

- Яблочного уксуса? Две чайной ложки. Да, я ушла от Алема.

Люся уставилась на нее, лишившись дара речи.

- Ты знаешь, как Алем хочет стать отцом, а я не могу ему этого дать, - довольно сухо произнесла Динара.

Меньше всего на свете Динара хотела бы обсуждать эту тему с Люсей. Было похоже, что Люся это поняла.

- Но у тебя есть своя квартира.

- Я не хочу, чтоб Алем нашел меня. А свою квартиру я выставлю на продажу. Когда же она продастся - вернусь в Москву. На все это уйдет, думаю, с полгода. Я тебе буду платить.

- Нет, за проживание не надо. Если будешь вкладываться в продукты...

- Хорошо, - прервала ее Динара.

Динара знала, что Люся приносит много продуктов из своего кафе. И ее деньги скорее пойдут в Люсин карман. Но Динару это очень устраивало: таким образом Люся получит все же от нее материальную выгоду.

Квартира Люси Динару устраивала еще по причине того, что буквально через дорогу от ее дома был роддом. Она туда уже позвонила - им, к ее везению, нужен был врач. Теперь у нее не будет опасности столкнуться с Алемом в городе. Даже в магазин не надо ходить за продуктами - по известной ей причине - Люся взяла это на себя, Динаре же надо будет только вкладывать определенную сумму.

***

Заведующая роддома приняла ее радушно. Но спросила, почему она хочет уйти со старого места.

- Это рядом с домом, где мы жили с моим бывшим, - почти сказала Динара правду. - Я вынуждена была уйти. И не хочу, чтоб он знал, где я нахожусь. Поэтому, пожалуйста, скажите всем, чтоб никому постороннему - если будут спрашивать - не сообщали моего имени.

- Но вы можете через суд запретить ему даже подходить к вам.

Заведующая поняла ее именно так, как она и желала.

- Я бы не хотела ходить из-за этого по судам.

- Да, я вас понимаю. К тому же приступить к работе надо как можно быстрей.

Глава 16

Однажды, придя домой раньше обычного, Динара услышала за дверью туалета знакомые для ее профессионального уха звуки.

- Люся, что с тобой? Тебе плохо?

Та захлопнула дверь перед самым ее носом.

«Отравилась что ли?..» - подумала Динара. Заглянула на кухню; там на столе на самом деле стояла еда, но ничего - от чего можно было бы отравиться - не было.

- Ты рановато пришла, - произнесла Люся, выйдя из туалета, почти обвинительным тоном.

- Люся, ты беременна? - пренебрегла замечанием хозяйки Динара.

- Это тебя не касается.

- Почему ты такая агрессивная?.. Ну да... понимаю... гормоны.

- Да что ты понимаешь!

Динара не собиралась сдаваться:

- Ты ходила к врачу?

Люся призадумалась.

- А зачем мне врач, когда он у меня здесь, под боком.

- Нужно проверить срок. Извини, но на глаз определить не смогу.

- Четыре месяца.

- Люся, ты не можешь точно знать.

- Еще как могу!

- Ты что, была с ним только раз?

- С кем? - вскинулась она.

- Как с кем? С отцом ребенка, естественно.

Люся ничего не ответила, но в глазах мелькнула странная искра. Как будто она хотела ею испепелить Динару. «Она понимает, что я ей не позволю опять делать аборт с таким большим сроком», - расценила она реакцию Люси.

- Ни к какому врачу я не пойду. А ты поможешь мне избавиться от него.

Это прозвучало так, как будто Динара была просто обязана это сделать.

- Я, конечно, благодарна тебе за то, что ты приютила меня здесь. Я тебе оплачу все время проживания, но не такой ценой. На это даже не рассчитывай. Я и раньше подозревала, что выкидыши у тебя искусственные. Больше у меня сомнений нет.

- Тогда возьми его себе.

- Что?! Как?

- Ведь хочешь... по глазам вижу - хочешь.

- Я и не отрицаю. Ты уверена, что готова на то, чтоб я его усыновила?

- Нет. Никого ни усыновлять, ни удочерять ты не будешь. А это будет твой ребенок - тобой рожденный.

- Люся, у тебя с головой все в порядке?

- Как никогда. Как говорится: смеется тот, кто смеется последним, - добавила она тихо.

- К чему ты это?

- Да, у меня на самом деле что-то с головой, мне надо прилечь.

Динара ночь спала плохо. Нет, у Люськи с головой все было в порядке - Люся знала, что говорила. И Динара, поразмыслив, поняла, что та имела в виду. Она никак не могла отвязаться от фантазий, которые фонтаном расцветали в ее голове, - на самом деле, это было возможно. Она могла объявить на работе, что беременна, и сама оформлять на себя все бумаги. Никто проверять ее не будет. Остается принять роды у Люси - и выдать ребенка за своего. «Боже... я сошла с ума... - подумала Динара, в сотый раз переворачиваясь с боку на бок. - Но... если я откажусь, она ведь опять найдет какую-нибудь себе преступную соучастницу и избавится от ребенка». От того ли, что Динара жила рядом с Люсей, - ребенок тоже был как бы рядом. И очень близким и родным. «Потому что ты уже видишь в нем свое чадо», - попыталась Динара упрекнуть себя. Незаметно для себя наконец-то она уснула.

Она проснулась от какого-то внутреннего толчка. Открыла глаза: Люся, одетая, стояла на пороге ее комнаты.

- Ты куда? - вскочила Динара.

- Мне надо… по делу.

Люся развернулась и пошла к выходу.

- Подожди! - крикнула ей вслед Динара. - Я согласна!

***

Когда она сказала заведующей клиники о своей беременности, возмущения той не было предела.

- Вы специально скрыли от нас? Думаете, только вы хотели на освободившееся место? Я выбрала именно вас, потому что отзывы о вас были очень хорошие. Поверила - и поплатилась!

- Извините, я сама не сразу поняла.

- Это вы говорите мне? Заведующей роддома? Вы - врач акушер?!

- У меня цикл месячных иногда сбивается, - приватизировала Динара себе Люсину проблему. - Я вас понимаю. Я - честно говоря - не очень себя хорошо чувствую. К тому же не хочу, чтоб отец ребенка узнал, что я в положении. Вы же знаете, что у нас и так с ним были проблемы. Поэтому я предлагаю вам вот такой вариант: я возьму отпуск без содержания до официального отпуска по уходу. Ну а чтобы у вас не было никаких проблем, подпишу бумагу, что назад я не вернусь; а сама куда-нибудь выеду из города.

- А если вернетесь? - недоверчиво, но чуть уже успокоившись, спросила заведующая. - И на какие же деньги вы собираетесь жить, взяв отпуск без содержания?

- Я скоро получу деньги за свою квартиру, которую наконец-то мне удалось продать.

- Хорошо. Извините меня, что набросилась. Нельзя заставить рожениц не рожать, а врачей и акушеров не хватает. Если вам нужна будет помощь, можете всегда обратиться. Мне жаль терять такого специалиста. Да, оформлять свой отпуск даже и не приезжайте, я сделаю вам его сама, адрес только мне сообщите.

- Я вам потом позвоню, а вы документы на Главпочтамт до востребования мне вышлите.

- Договорились. Рожать добро пожаловать сюда! Выделим вам отдельную комнату.

- Спасибо. Я обязательно этим воспользуюсь. Мне хочется, чтоб у моего ребенка местом рождением был обозначен Санкт-Петербург.

«Артистка, это же надо быть такой артисткой, - подумала Динара, когда вышла. - Но это во имя спасения ребенка», - оправдала она себя.

Глава 17

На следующий день Динара поехала под Выборг на дачу к Алексу. Она чувствовала, что Алекс к ней неравнодушен, но он в отличие от Люси, пытающейся всеми правдами и неправдами очутиться в обществе Алема, наоборот, увеличил между собой и другом разрыв: старался быть в их компании как можно реже. А потом, устроившись на работу в Финляндии, вообще почти исчез. В последнее время Алекс редко приезжал в Россию. Если приезжал, то на день-два. Раньше он отзванивался, но с каждым разом все реже и реже. Когда Алекс купил дачу, оставил им записку с адресом. Динара, убирая записку, взглянула на него, запомнила название места. Как Алекс рассказывал, дача была на отшибе, километра два от небольшого населенного пункта и километров пятнадцать от города Выборга.

Только бы Алекс был там! Звонить ему с нового своего номера она не решалась. Вдруг он в курсе их с Алемом ситуации и даст ему ее номер. Нужно было вначале ему все объяснить и убедить не говорить другу ничего.

От Выборга Динара добиралась на такси. И попросила таксиста не уезжать, пока она не удостоверится, что хозяин дома, - это было бы большое везение. Но в последнее время ей не очень везло - не повезло ей и в этот раз. Она просунула в дверь приготовленную для Алекса записку. Уехала в Выборг на том же такси.

Алекс позвонил через неделю.

- Динара, что случилось?.. - встревоженно спросил ее Алекс, после их приветствий. - Ты просишь ничего не говорить Алему. Но что не говорить?.. Мы давно не общались. Что могло произойти за это время?

Динара вкратце рассказала свою историю, кроме их с Люсей грандиозного плана.

- У меня нервы на пределе. Я хочу взять отпуск без содержания и уехать куда-нибудь из Питера. Я так буду знать, что я точно с Алемом не столкнусь.

- Динара, тебе не кажется, что ты делаешь

большую ошибку? Я знаю точно: Алем никогда никого так сильно не любил. Он, наверное, там сходит с ума. И ты его, знаю, сильно любишь, иначе бы не пошла на такую жертву.

- Алекс, этот вопрос уже решен. Я хотела бы, чтоб ты поддержал меня, мне и так тяжело, - тихо заплакала она в трубку.

- Хорошо, только не плачь. Я так понимаю, что ты хочешь пожить у меня на даче?

- Да, если это возможно.

- Да, конечно. Хорошо, что ты мне оставила записку. Я ведь начинаю ездить на фурах из Финляндии в Европу, поэтому долго здесь не появлюсь. Я завтра уже уезжаю обратно туда. Ключи мои оставлю тебе в Выборге в багажном отделении железнодорожного вокзала. Шифры отправлю на твой сотовый.

- Ты сказал ключи. Но я видела там только один замок.

- Один от дачи, другой от машины. Она мне пока не нужно, а тебе пригодится.

- Алекс, я так тебе благодарна!

- Когда я приеду, мы с тобой обо всем еще раз поговорим. Надеюсь, ты меня тогда послушаешься.

«Да, обо всем», - подумала Динара. К тому времени Люся должна будет уже родить. Алекс единственный, кому она может доверить свой секрет. В этом она убедилась окончательно.

***

Люся закатила ей такую же головомойку, как и заведующая.

- Ты все устроила, даже не спросив меня, подходит ли это мне!

- Все, что ты могла сделать, ты уже сделала. Ты что, хотела бы, чтоб я взяла на себя риск, не защитившись?

- Что ты не можешь подложить что-нибудь под платье, тем более не у всех сильно бывает заметно.

- Нет, мне хватило одного спектакля. Не все владеют такими театральными способностями, как ты, - огрызнулась Динара.

- А как моя работа? На что мы будем жить?

- Возьмешь, как и я, отпуск без содержания. А по поводу денег - я продала квартиру.

- Понятно, ты при деньгах - а я, получается, должна лишиться зарплаты.

- Да, лишиться зарплаты для тебя трагедия.

- Я тебя тоже могу кое-кого лишить, - зло прервала ее Люся.

- Насколько помнится, предложение поступило от тебя. Ты даже разыграла все так, чтоб у меня не оставалось времени на раздумье, - постфактум я тебя разгадала. Сейчас для меня главное - спасти ребенка. Если ты хочешь его оставить себе, твое право.

- Да? И что же ты заведующей скажешь?

- Ничего, я просто уеду отсюда навсегда.

- Ладно, - испугавшись, произнесла Люся примирительно, - давай не будем ссориться. Ты сказала, что продала квартиру...

- Да, я тебе возмещу убытки.

Динара догадалась, на что та намекает.

- Надеюсь, ты сможешь получить длинный отпуск.

- С этим проблем не будет. Они знают, что я в положении.

Динара посмотрела на нее с ужасом.

- А что ты думаешь, - отреагировала Люся, натолкнувшись на ее взгляд, - если меня дома так рвет, а на работе, на кухне, с бесконечными запахами, меня не будет рвать?

- А как же потом... - Динара почувствовала, как у нее поднимается давление.

- Скажу им, что опять был выкидыш. Не в первый же раз - потому и с отпуском не будет проблем. Ты, вообще-то, хорошо придумала с дачей.

Хорошо было то, что Люся не видела, с каким презрением Динара смотрит на нее.

«Она ведь даже не стесняется мне об этом говорить, - похоже, она думает, что я, став соучастницей, сравнялась с ней», - страдальчески подумала Динара.

Глава 18

За неделю, устроив все свои дела, Динара с Люсей переехали на дачу.

Люся тяжело переносила беременность. Ее тошнило и часто рвало, и тогда Люся начинала проклинать Динару, что поддалась ей. Капризничала, все время чего-то просила. Динара садилась в машину и отправлялась исполнять ее очередную прихоть.

«Малыш, я выдержу, я все выдержу. Главное - ты держись! Силы небесные! Помогите ему!» - молилась она часто по ночам.

Как-то вернувшись с очередной поездки в магазин, Динара увидела, как Люся поднимает большую бутыль с родниковой водой, которую она в первую очередь для Люси и привозила.

- Что ты делаешь? - закричала она в ужасе.

Люся села на стул, тяжело дыша.

Динара подскочила к ней, она тоже дышала тяжело:

- Ты хочешь избавиться от него? Хочешь и этого убить? Поздно! Теперь уже поздно, ему уже восемь месяцев.

- Уйди-и-и-и! - закричала Люся, вскочив со стула. - Ненавижу тебя! Пусть он будет больной! Пусть он будет уродом! Чтоб ты страдала с ним всю жизнь! Ты ведь его любого возьмешь - я знаю. Ты дура - ты ничего не соображаешь! Я тебя могу убить сейчас одной фразой! Одной правдивой фразой! А-а-а-а! - схватилась Люся за живот.

- Ложись! У тебя начались роды.

Динара быстро стянула с Люси трусы. Та опять закричала:

- Да-а-вит!

- Головка уже показалась. Надувай живот! Сопротивляйся! Да не ори же ты! Делай, что говорю! Еще! Еще! Молодец! Мальчик! У нас мальчик!

Динара, счастливая, засмеялась. По щекам ее потекли слезы. Она успела за время работы принять немало малышей, но никогда раньше не плакала. Новорожденный закричал. Хоть он и был недоношенным, был очень хорошеньким. Динара отрезала ребенку пуповину.

- Неплохой вес для недоношенного.

Встретившись с Люсей взглядом, спросила:

- Хочешь взять его на руки?

Люся отвернула лицо в сторону.

- Ты отдыхай, а я пойду помою его.

Когда она вернулась, Люся спала. Динара осторожно подложила чистую простынь.

***

Утром в спальне Люси не оказалось. Динара в плохом предчувствии пробежалась по дому. Когда она увидела, что и машины нет, поняла окончательно - Люся сбежала. К счастью, все, что нужно было малышу, было куплено. За это ей не нужно было беспокоиться. Но она сильно переживала за Люсю. Динара пыталась целый день дозвониться до нее, но телефон Люси был отключен. Только на другой день Люся дала о себе знать - прислала сообщение, что машину оставила у железнодорожного вокзала. И чтоб мальчика назвала Альбертом, добавив: «Я знаю, у вас есть такое имя».

«Я ведь ей говорила, что, если будет мальчик, назову его Алемом», - удивилась Динара. Но перечить ей, наверное, не стоит. Кто знает, что от нее можно еще ожидать, если она чем-то будет недовольна. И что же она имела в виду, говоря о фразе, которая может ее убить?

Глава 19

Динара через месяц поехала в свой роддом, предварительно созвонившись с заведующей. Она выбрала время, когда у врача было ночное дежурство.

- Вот те раз! - встретила ее заведующая. - Я ждала, что вы рожать к нам едете. А вы уже при маленьком. Кто?

- Мальчик. Я хотела мальчика.

- А вы разве не знали, кто будет?

- Нет, не стала делать УЗИ.

- Решили сделать себе сюрприз?

- Для меня все сюрприз. Я была бы рада и девочке.

Динара осеклась - не лишнего ли она ей наговорила?

- Вы рожали в Выборге?

- Нет, на даче - так вот получилось. Хорошо, подруга рядом оказалась.

- Тоже акушерка, надеюсь.

- Да, бывшая однокурсница.

- Родили-то вы его по подсчетам, наверное, неделю назад.

- Да, нужно было немного окрепнуть.

- Там у вас на даче, наверное, очень хорошо, под Выборгом-то.

- Да, это правда, там очень хорошие места. Ягод много. Приезжайте как-нибудь.

- Спасибо за приглашение! Обязательно им воспользуюсь.

- Вы помните наш разговор о том, что я хотела бы, чтобы местом рождения ребенка был Санкт-Петербург, - осторожно начала Динара.

- А вы разве после родов не обращались в ближайший роддом?

- А зачем, когда нас врачей-акушерок было две, - засмеялась Динара. (Смех ее получился немного нервным.) - Роды прошли хорошо. Я чувствую себя прекрасно.

- Но дату рождения ребенка я могу поставить только сегодняшнюю.

Заведующая догадалось, что от нее хотят.

- Пусть будет так, я согласна.

- Ну что ж, вы нас выручили - теперь наша очередь. Но вам придется хотя бы несколько ночей заночевать здесь. Как я вам и обещала, получите отдельную палату.

- Спасибо. И еще: я бы хотела необходимые анализы ребенку проделать сама.

- Да, конечно. Идемте, покажу вам палату. Хорошо, что все уже спят.

Было хорошо также, что палата у них была отдельная. Ребенок был вместе с ней. Заведующая предупредила дежурных, чтобы Динару не беспокоили. К тому же Динару там многие знали. Дежурной Динара объявила, что с молоком у нее пока проблемы, и ее ребенку принесли искусственное питание. К ней, к врачу-акушеру, никто с советами не лез. Динара успокоилась, поняв, что проблем в роддоме с персоналом у нее не будет.

На другой день Динара, проходя мимо окна с ребенком на руках, услышала, как совсем еще молоденький парнишка кричал:

- Дилара!

Она вздрогнула, имя было похоже на ее. К окну рядом подошла молодая мама, выглядящая подростком.

- Покажи! - прокричал молодой папа.

Женщина-подросток подняла их ребенка и счастливо засмеялась.

- Дилара, я вас люблю обеих!

«У них, по всей видимости, девочка», - машинально подумала Динара, вглядываясь в мужчину, который по аллее уходил от здания роддома. Он оглянулся, когда молодой папаша прокричал имя матери своего ребенка. Динара вначале даже вздрогнула - ей показалось, что мужчина очень похож на ее любимого. «А ведь малыш мог бы быть его сыном, - подумала она с болью, посмотрев на младенца, спавшего беспечно на ее руках. - И там внизу стоял бы мой любимый и даже, может, так же вытанцовывал от радости, как тот молодой папа».

О том, что ребенок был не ее, она даже не думала. Для Динары он был ее уже тогда, когда находился в утробе другой женщины. Удивительно, как он быстро успокоился, когда она, искупав его, опять взяла на руки, - вероятно, какая-то высшая сила дала ему понять, что эти руки понесут его по жизни с любовью.

Динара подумала, что, возможно, это даже хорошо, что она малыша не назвала Алемом. Каждый раз произнося его имя, она получала бы укол в сердце.

Возможно, эта боль с годами утихнет. Но что бы там ни было, как ей сказала мать Алема, материнский долг должен быть на первом месте. И Динаре нужны силы, чтоб стать хорошей матерью своему сыну.

Глава 20

Алекс вернулся через несколько месяцев после рождения ребенка.

- Извини, не предупредил, - сказал он после приветствий.

- Ну что ты! Ты, наверное, думал, что нас тут уже нет. Хорошо, что ты приехал. Вовремя. Мы собирались как раз скоро уезжать.

- Мы? Ты сказала «мы».

В это время раздался плач ребенка.

- Извини, я сейчас.

Она скоро вернулась обратно с малышом на руках.

- Динара, откуда здесь ребенок? Он чей?

- Он мой, Алекс.

Если при звуках детского плача Алекс был

143

удивлен - теперь, можно сказать, он был поражен, услышав ее последнее утверждение.

- Я тебе все объясню. Это - мой большой секрет. Но от тебя я не хочу ничего утаивать. Знаешь, когда хотя бы один хороший человек знает о твоей тайне, ты вроде как уже и не живешь во лжи. Но вначале я уложу малыша и покормлю тебя.

- Спасибо, я не хочу есть. Я... уже поел.

- Ты хочешь мне сказать, что в тебя больше ничего не войдет? - засмеялась Динара. - Ты и так весь ужасно похудевший. Это что: в Европе такая плохая еда?

- Я... попью что-нибудь... - Алекс пошел в сторону кухни. Движение его были медленные, неуверенные.

И только тут она заметила, что в его взгляде читалось не то грусть, не то сожаление. Или это была боль?

Динара быстрыми шагами направилась в спальню: ребенок заснул на руках. Уложив его, села на стул, закрыв рот ладонью, чтоб оттуда не издались непрошеные звуки. Алем бы понял, Алем бы сразу понял, откуда эта худоба, синяки вокруг глаз. «Но ведь не обязательно, что это то, что я думаю», - подумала она. Но эти перепады в настроении: этот потухший взгляд, с каким он вошел, оживился только при виде ребенка, но потом все вернулось обратно.

Динара вошла на кухню, подошла сразу к плите. Не смотря на него, сказала:

- Может ты все-таки...

Оглянувшись, столкнулась с его взглядом.

- Вижу, что ты догадалась. Хорошо, не надо начинать с самого тяжелого: шокировать тебя.

- Почему ты вернулся?

Динара села на стул напротив: боялась, что не выдержат ноги.

- В Финляндии ведь хорошая диагностика, хорошие врачи, - продолжила она.

- Никакая хорошая диагностика не поможет, если уже поздно... Это должна была быть всего лишь дежурная проверка для продления визы.

Алекс некоторое время молчал. И Динара, понимая, что ему нужны силы, чтоб продолжить, ждала молча.

- Я, конечно, мог остаться там, никто меня не выставлял, но зачем? Хочу последние свои месяцы прожить здесь, на своей любимой даче.

- Месяцы, - не выдержав, ахнула Динара.

- Ты собиралась уезжать. Обратно на свою квартиру?

- Нет, в Москву. Квартиру я продала. Родители утеплили свою дачу, так что с маленьким поживем какое-то время там, пока не куплю нам в Москве квартиру. Я так планировала, но ситуация поменялась. Мы останемся здесь.

Динара не знала, как сказать: пока ты жив? пока ты будешь в нас нуждаться?

Он понял.

- Ты уверена? Ты ничего мне не должна.

- Я знаю: ты все делал от души и от доброго сердца. Дай мне отплатить тем же.

- Извини, но я буду ужасно рад, если ты... если вы останетесь. Кстати, как зовут малыша? Ты нас не познакомила. - Впервые за все время Алекс улыбнулся.

- Я его называю Солнышко. Люся наказала, чтоб назвала его Альбертом. Я так и сделала - от греха подальше, но язык не поворачивается.

- Получается, твой сын мне почти тезка. Ну если учесть, что уменьшительное от Альберта тоже будет Алик.

(Алекс не стал уточнять: при чем тут Люся? Разговор об этом, как он понял, будет впереди.)

- Алик... как я не подумала? Теперь у него есть имя - Алик!

«К тому же оно очень близко к имени Алем, - обрадовалась Динара. - Как это я раньше не догадалась? Скоро мой малыш на самом деле будет думать, что его имя Солнышко».

- Ну а теперь ты мне расскажешь историю моего тезки, - прервал ее мысли Алекс.

Когда Динара все рассказала, он спокойно произнес (видно, ничто больше в этой жизни не могло его удивить):

- Люська-фантазерка! Это только она могла такое вот придумать. Мы ее так все и звали - фантазерка. Трудно было отделить ее фантазию

146

от вранья. Я старался быть от нее подальше, но Алем со своим человеколюбием прощал всем слабости.

- Ты... с ним общался?

- Ты разве не знаешь? В его квартире живут другие. Он выехал оттуда.

«Вот и последняя ниточка оборвалась», - с грустью подумала она.

***

Алекс угасал день ото дня. Динара делала все, чтобы облегчить его участь. Однажды он сказал Динаре, что хочет поговорить. Разговор, по всей видимости, предстоял серьезный, коли об этом было объявлено официально.

- Динара, - начал он свой разговор, пытаясь подобрать правильные слова или, точнее, убедительные, - ты ведь знаешь, у меня кроме вас никого нет. Если ты не против (я очень надеюсь, что ты не будешь против), я хотел бы дать свою фамилию твоему сыну. И все что я имею.

Последнюю фразу Алекс произнес быстро, между прочим.

«Не хочет меня обидеть», - догадалась она.

- Алекс, для него будет честью носить твою фамилию, - произнесла Динара, положив свою руку поверх его.

Разве она могла обидеть его отказом? В его доме родился ее малыш, здесь он начал делать свои первые шаги. Он очень любил Алекса. Он до сих пор знал только двоих: ее как мать, и его. Кем же еще Алекс мог быть для него - как не отцом. И то, что у сына не будет прочерка после слова «отец», было тоже отрадно.

Когда все документы были готовы, Динара устроила небольшой праздник. С лица Алекса почти не сходила улыбка. Никогда в их доме не было столько радостного смеха как в тот день.

На другой день Алексу стало совсем плохо.

Глава 21

Динара замолчала; затем, взглянув на Алема, произнесла:

- Через месяц Алекса не стало. Как все это было - когда-нибудь потом. Мне до сих пор об этом тяжело вспоминать.

Выслушав недостающую информацию из жизни Динары, Алем, потрясенный, поднялся, прошелся молча по комнате. Вернулся на место.

- Вот почему от него перестали приходить звонки: вначале Алекс перестал приезжать в Россию из-за того, что начал водить фуры из Финляндии в Европу. А потом он, вероятно, не хотел обманывать меня. Ему было бы трудно, позвонив, умалчивать о тебе. Не потому, что он мог бы проговориться, он никогда бы не стал выдавать чужой секрет - а просто само умалчивание, понимая, как мне тяжело, было бы для него нелегким. А мне самому, после того как ты пропала, было не до кого. Я тебя искал по всем роддомам.

Алем опять встал. Он нервно несколько раз прошелся по комнате, затем подошел к окну, - вероятно, не желая, чтобы Динара видела, как болью время от времени искажается его лицо; продолжил, не глядя на нее:

- Я отовсюду получал отрицательной ответ: нет, такой среди персонала нет. Оставался последний. О твоем присутствии в этом роддоме я сомневался больше всего: он находился чуть ли не во дворе у Люськи. После произошедшего, я даже территориально не хотел находиться от нее близко.

Меня на самом деле удивило тогда твое заявление, что она влюблена в меня. Но потом до меня стало доходить правдивость твоих слов. И я понял, кто тогда послал маме письмо о тебе.

- Поэтому ты никогда не шел к ней, когда она нас приглашала обоих?

- Мне было достаточно, что она появляется у нас. Иногда было желание просто выставить ее за дверь.

- Мне трудно представить тебя в этой роли.

- Да… наша воспитанность… Из-за нее мы иногда не можем защитить ни себя, ни своих близких. Я потом только стал понимать твое отношение к ней - уважение к нам, ведь Люся была частью моей семьи. И из-за этого я не мог порвать с ней наши дружеские отношения. Мы же росли вместе. Какой бы бестолковой она ни была, она была мне как младшая сестренка. А сестер не выбирают, они могут быть разными. И какими бы там они не были, они остаются сестрами.

- Но сестры в братьев не влюбляются и не устраивают из-за этого козни.

- Да, если бы я об этом подумал тогда, я бы освободил нас от ее присутствия. И ничего бы не случилось.

Когда я позвонил уже в твой роддом, мне вначале сказали «да», но потом тут же «нет». Я перезванивал туда несколько раз, но потом все время получал в ответ «нет». Я сходил туда и опять получил отрицательный ответ.

- Я в то время, возможно, находилась под Выборгом, на даче.

- Да, может быть, но ты все же там раньше была, и я это прочувствовал в неуверенных ответах. Я в течение недели приходил утром и вечером, отслеживал всех тех, кто приходит и уходит с работы. Я уже начал понимать, что тебя там на самом деле нет. Но решил сходить в последний раз. - Алем наконец обернулся к ней. - Это был я. Тот мужчина, который оглянулся на имя Дилара, на самом деле был я. И ты на самом деле держала в руках моего сына...

Слезы, подгоняя друг друга, покатили по ее щекам - Динара не пыталась их скрыть. Лицо Алема тоже было мокрым.

Они некоторое время сидели молча. Алем заговорил первым:

- Скажи, если бы ты узнала правду, ты бы простила, вернулась ко мне?

- Не знаю - и никогда уже не узнаю. Я не могу дать ответ не только тебе, но и самой себе: смогла бы я тебя тогда простить? Если бы не смогла, я бы лишилась сына. Это я знаю точно.

- Почему ты так думаешь?

- Ты бы отказался от своего ребенка?

- Конечно нет! Но и от тебя бы я никогда не отказался. Я бы добивался вас обоих.

- Тебе не надо было бы добиваться сына. Я бы никогда не увела его от тебя. Я знаю, ты был бы хорошим отцом. Ты есть хороший отец. Это видно по Кате.

- Ты знала о нас?

- Нет.

- Ты тогда отреагировала на меня довольно холодно.

- Я просто была в шоке. Вначале от твоего появления, а потом услышала, как Катя назвала тебя папой.

- Катя мне...

Алем вдруг понял, что не может закончить

152

фразу словами - «не родная дочь». На счастье, зазвонил ее домашний телефон. Он находился рядом с диваном. Динара, не вставая, все еще смотря на него, подняла трубку.

- Алё!.. Да, я его мать... Что? Нет! Он... Где он?

- Что случилось? Что-то с Аликом?

- Какой ужас! Его сбила машина! Почему он поехал на велосипеде? Это я, я виновата! Я никогда раньше ему не грубила. Я всегда его на прощание целовала. Я его лишила материнской защиты. Боже, Алем, я даже встать не могу.

- Ты знаешь, где он сейчас?

Алем понимал - на разговоры и утешения времени нет.

Она кивнула головой.

- У тебя есть успокоительное?

- Только валерьянка. Она там, - указала она на шкафчик.

Алем сходил на кухню за водой. Достав таблетки, отсчитал две и дал Динаре вместе со стаканом воды. Затем отсчитал четыре и запил их водой из того же стакана.

Глава 22

- Вы родители Алика Карху? - спросила их медсестра.

- Да, - хором ответили они.

- Подождите, к вам сейчас выйдет доктор.

Они сели на диван. Он видел, как Динару трясет. Алем взял ее руку и сжал ее.

- С ним все будет хорошо, я знаю, с ним все будет хорошо, - говорила она, хотя ее рука в его не только не перестала трястись, она тряслась, вовлекая в тряску сго руку.

Вышел доктор и сразу понял, кто родители юноши, за жизнь которого они борются.

- Здравствуйте! Вы родители Карху? - все же решил он удостовериться.

- Да, доктор, как он? - спросил его Алем.

Динара, как вышел врач, вскочила и так и осталась неподвижно стоять с плотно сжатыми губами, но глаза ее были со всей возможной жгучестью взгляда направлены на врача: главный вопрос был задан и ни что больше не было важнее ответа.

- Он, сильно ударив голову, потерял много крови - к счастью, крови нашлось достаточно на данный момент. Мы заказали ее еще, у него редкая группа крови. Для него могут важными оказаться даже небольшие граммы донорской крови. Поэтому вам нужно провериться сейчас и сдать ее.

Доктор ушел.

- Динара, все будет хорошо. Ты ведь сама так сказала, помнишь? Пойдем.

- Куда я пойду? Алем, я ничем не могу ему помочь - ты знаешь... Боже... я ничем не могу помочь моему сыну!

- Но я здесь - я его отец, и есть шанс, что наша группа совпадет.

Алем отвел ее подальше от кабинета. Когда завернули за угол, подвел ее к дивану.

- Сиди здесь и жди меня.

- Но они нас там ждут обоих.

- Я скажу, что тебе стало плохо. Это их не удивит. Они проверят мою кровь. И возможно, другого родителя не понадобится.

Время для Динары показалось вечностью.

И когда Алем появился, у нее было ощущение, что она летит куда-то в пропасть. Алем не смог скрыть неудачу - настолько сильно он был сам расстроен.

- Найди ее! - сказала она почти приказным тоном.

- Кого?

- Люсю. Ты же видел ее. Найди, пока она никуда не исчезла.

- Динара, доктор ведь сказал, что они уже заказали ему кровь. Наша кровь нужна им на всякий случай.

- Я не могу полагаться ни на какие случаи!

- Ты понимаешь, на какой риск идешь? От Люськи можно ожидать что угодно. Она не зря здесь появилась. Я слышал, что Люся вышла замуж за богатого голландца и у них нет детей. Она может сказать, что на все подбила ее ты. Если не придумает еще что-нибудь похуже. Ты не представляешь, как Люська может враньем и своей фантазией провести кого угодно. У тебя из-за нее могут быть большие проблемы - ты это понимаешь?

- Я готова идти на риск. Алик уже большой, и у него теперь есть ты.

- Ты ему нужна больше, чем кто-либо.

- Алем... - она заплакала, - умоляю тебя... найди Люсю.... Я готова в ногах ее валяться, только бы она спасла моего сына.

- Хорошо, Динарочка! Только ты успокойся,

пожалуйста. Я ее из-под земли достану. Только отведу тебя в садик вначале, на свежий воздух. И чтоб тебя не увидели.

- Я сама дойду. И буду ждать твоего звонка.

***

- Какие люди! - услышал Алем за спиной знакомый голос, как только вошел в гостиницу.

Неужели ему так сходу повезло?.. Алем не смог скрыть радости:

- Люся, ты?!

- О! Ты со мной разговариваешь? И даже, как видно, рад меня видеть? Или мне кажется?.. Хотя... почему бы и нет. Я теперь не та Люська из коммуналки. Видимо, слышал, что я теперь в шоколаде.

«Я бы тебе сказал, в чем ты, - в том, что похоже по цвету на шоколад, если бы жизнь моего сына не была в твоих руках», - подумал Алем, чувствуя, как его первоначальная улыбка радости вот-вот перейдет в презрительную ус-мешку.

- Ну да, в коммуналке мы когда-то росли как одна семья. И моя мама тебе первой пришла на помощь, когда ты в ней нуждалась. Помнишь? Или те, кто в шоколаде, быстро такие вещи забывают?

- Почему мне кажется, что ты чего-то от меня хочешь?

- Да, к сожалению, в этом ты права. И у меня нет времени на то, чтобы ходить вокруг да около, - сыну Динары нужна кровь.

Он решил тему своего отцовства пока с ней не затрагивать.

- Это ее бог наказал, спрятала его от меня, стерва! Думала, не найду.

- Ты даже не спросила, что с ним.

- Поехали, в дороге расскажешь. Сам ведь сказал, что времени нет.

- Рассказывай, чего молчишь. Что с ним? - потребовала она, когда машина тронулась.

- Попал в аварию.

- Господи! Надеюсь, калекой не останется. Она это сказала таким тоном...

Он никогда ни на кого не поднимал руки, тем более на женщин. Даже в мыслях. Кроме как в этот момент. Как ему хотелось вдарить! Она точно приехала за сыном, и вдруг ее сын может оказаться калекой - это не входило в ее планы.

Алем постарался взять себя в руки.

- Что ты так - Динарин сын? - продолжила она. - Если знаешь, что он мой, знаешь, наверно, и кто отец.

- По счастливому стечению обстоятельств узнал именно сегодня. Хотя... кто знает, может, у Алика, не появись я сегодня там, все пошло бы иначе и трагедии не случилось, - произнес он вдруг задумчиво.

- Алик? Это его уменьшительное имя, так ведь?

- Нет, он и по документам Алик.

- Вот почему я не могла его найти. Он был Альбертом. Я знаю, что по документам он был Альберт. Она, когда сыну был год, прислала на мой адрес его фотографию. И на обороте так и было написано: «Альберту год».

- На что ты отправила ей сообщение: «Не делай этого больше».

«Не сказал ли я лишнего? - тут же подумал он. - Еще уйдет».

Но Люся просто промолчала. Похоже, она тоже не хотела ссориться.

Он проводил ее сразу в лабораторию. Как договорились, Люся там сказала, что узнала у своей знакомой, работающей в этой клинике, что нужна кровь ее группы. Она хочет помочь.

Алем же пошел к медсестре и сообщил ей, что сейчас сдается кровь, в которой нуждается Алик Карху.

- Хорошо, - сказала она, - я сообщу доктору.

Только после этого Алем пошел в парк к Динаре. Она, увидев его, пошла навстречу.

- Ну что? - спросила она с тревогой. - Ты так быстро вернулся.

- Я вернулся намного раньше. Мне повезло, я ее сразу встретил в гостинице. Она уже там, в лаборатории. Мне кажется, вам не стоит сейчас встречаться.

- Сейчас я хочу к сыну. До этого я подумала: «Если я выдержу, все будет хорошо». Главное, что она сдает уже кровь. Ты идешь?

- Да, конечно.

- Доктор!

- Вот вы где. Ваш сын пока в реанимации. Операция прошла благополучно. И кровь вашу получили вовремя. Теперь все будет зависеть от того, в каком состоянии он очнется.

- Доктор, можно к нему?

- Да, только по одному.

- Иди, - сказал Алем Динаре.

Динара ушла.

- Извините, мы даже не успели поинтересоваться - как вас зовут, - обратился Алем к врачу.

- Николай Васильевич. А вас, извините?

- Алем Равиливич. Скажите, опасность еще не миновала?

- Все будет зависеть, как скоро он придет в себя. И в каком будет состоянии. Да, проблемы могут быть - с памятью или еще хуже. Может, мы просто пока дождемся - не будем нагнетать страхи.

- Вы только матери его пока не говорите такие подробности. Вдруг все обойдется.

- Хорошо. Если она эти подробности не будет у меня выпытывать.

Алем, после ухода доктора, обессиленно опустился на диван - им овладел страх. Пока Динара была рядом, он старался держаться. Но, оставшись один после разговора с врачом, он понял, что может случиться все что угодно. Возможно, его сын никогда даже не узнает, что отец его жив. Он, возможно, даже не узнает в нем психолога из их клуба. И самое страшное - не узнает свою мать. Любящую его так, как не всякая родная мать может любить свое чадо.

Алем закрыл лицо ладонями и только тогда понял, что он плачет; вытащил носовой платок и быстро вытер им лицо. Ему не хотелось, чтоб Динара увидела его таким безутешным.

Кто-то положил ему на плечо руку.

- Катя? - произнес он глухо, оглянувшись.

- Папочка, с Аликом все будет хорошо. Вот увидишь. Я это чувствую. Ты не для того его нашел, чтоб потерять.

- Ты знаешь?.. - спросил он удивленно.

- Да, вести уже дошли до клуба. Ребята, у кого группа крови такая же, как у Алика, звонят в больницу и предлагают свою кровь.

- Это хорошо… Кто знает, может, кровь на самом деле еще понадобится. Но я имел в виду другое: ты знаешь, что Алик мой сын?

161

- Я догадалась. Тетя Динара у него?

- Да.

- А ты уже был?

- Нет еще. Туда по одному пускают.

- Ну тогда ты не скоро туда попадешь?

- Почему ты так думаешь?

Катя промолчала. «А Катерина ведь права, - подумал Алем, - Динара оттуда добровольно не уйдет».

- Папа, может, я вам поесть принесу?

- Не надо, здесь есть кафе.

- Мне нужно идти. Сообщишь потом, когда он очнется.

- Хорошо. Скажи, а мама...

- Нет, мама не знает. Во всяком случае, я о своих подозрениях ей ничего не говорила. Это не моя тайна.

- Это не тайна, я сам не знал.

- Да, мне кажется, что я догадалась раньше, чем ты узнал. Я пошла. Позвонишь! И сходи в кафе, все равно тетя Динара не скоро выйдет, а тебе нужны силы.

«Она, наверное, права, - подумал Алем. - Я совсем уж размяк; а мне на самом деле нужны силы, чтоб поддержать ее, если что».

Динара не услышала, как в палату вошли. Поэтому заметно вздрогнула, когда перед ней очутилась Люся.

- Алем в кафе, иди ты тоже перекуси. Что

смотришь - я его не съем и не унесу. Мы с тобой потом обо все поговорим. Сейчас главное, чтоб он очнулся в здравом уме. Иди же, я все равно никуда отсюда не уйду, а находиться в палате можно только одному. Потом заменишь меня.

Динара молча встала и вышла. Она на самом деле почти целый день ничего не ела. Они должны были пообедать с Алемом после их беседы.

Люся, посидев у кровати сына, поднялась и подошла к окошку. И почему ей так не везет? Именно когда она почти нашла его или, вернее, ее, нужно было случиться вот такому. Она ведь так хорошо разработала план… Она прижмет Динару к стенке так, что та будет вынуждена отдать сына. Вначале использует морковку. У нее муж богатый, у которого большой бизнес. Бездетный. Люся потихоньку рассказала мужу свою историю с сыном, - конечно, обвинив во всем Динару. После чего они приняли решение, что сына надо вернуть. Морковка заключалась в том, что муж все свое наследство оставит ее сыну. Алик уже довольно большой. Это будет ему только во благо. Динара должна это понять, если желает своему сыну счастья. Никто же не запретит им встречаться. Но все усложнилось появлением на горизонте отца сына. Динара, наверное, рассказала Алему все. Эта дура такая честная, наверняка не умолчала. Так что, если морковка не подействует, придется применить кнут: пригрозить правосудием. Алем Динарой не пожертвует, в этом она была уверена.

Люсе послышалась возня. Она оглянулась.

- Господи, ты очнулся! - Люся подбежала к кровати и порывисто обняла Алика.

Алик посмотрел на нее вначале удивленно, но потом глаза стали медленно расширяться, выражая испуг, граничащий с ужасом.

Вошла Динара.

- Мама! Боже, как я напугался!

- Сынок! - Динара Бросилась к Алику. - Все хорошо. Теперь все будет хорошо, - поцеловав его и гладя по голове, произнесла она.

- Мама, я так напугался! - повторил он. - В первый момент я ничего не соображал: я решил, что вы, - повернулся он к Люсе, - моя мама. А я из-за удара не могу вспомнить вас - свою мать. Я думал, что я потерял память, - проговорил он, обернувшись опять к Динаре.

Взяв руку матери и прижавшись щекой к ее ладони, закрыл глаза. Было видно, что он еще очень слаб.

- Я не буду вам мешать.

Люся встала. Динара устремила на нее вопросительный взгляд.

- Я приду позже, - добавила, посмотрев на Динару холодно, Люся.

Глава 23

- Ты был в больнице? - спросила Маша, когда Алем вошел в квартиру. - Я слышала, что с парой Кати по фигурному катанию произошел несчастный случай.

- Да. К счастью, он пришел в себя.

- Ты его видел?

- Нет. Рядом с ним все время находится его мать.

- Ее зовут Динара?

- Да, тебе Катя сказала?

- Когда у тебя единственный ребенок... - произнесла Маша, проигнорировав его вопрос.

- Скажи, а почему у нас не было с тобой детей? - прервал он ее.

- Странно, тебя же это не очень-то раньше волновало.

А она ведь права - но почему? Ему ведь так хотелось иметь ребенка с Динарой.

- Как-то раз, убирая канцелярский стол, за которым ты работаешь, - прервала его мысли Маша, - я заметила, что дверцей был защемлен лист бумаги. Я его выдвинула, чтоб засунуть листок обратно. На самом верху, поверх бумаг, лежала фотография девушки, запечатленной на какой-то горе. Ты ведь мне о прошлом никогда ничего не рассказывал. Ну а я сама не решалась расспрашивать - чувствовала, что оно все еще вызывает в тебе боль.

На обороте той фотографии было написано: «Динара, моя любимая». По взгляду девушки было видно, что тот, кто ее фотографирует, ей тоже очень дорог: она смотрела на фотографа любящими и счастливыми глазами. Казалось, ничто и никто не может помешать их счастью. И я сразу почувствовала себя третьей лишней. Более того... я почувствовала себя перед ней виноватой: столько было любви в ее безумно красивых карих глазах и в бесконечно глубоком взгляде. Казалось, вы были соединены свыше, и никто не должен был сметь разъединить вас. Я не знала, что мне делать. Время от времени я проверяла, там ли еще эта фотография. Она не только никуда не исчезала - а всегда оказывалась сверху. Старые бумаги тобой выкидывались, появлялись новые, а фотография девушки оставалась всегда наверху. Так что, какие дети?

Если бы не Катерина, привязавшаяся к тебе и любящая тебя как родного отца...

- Прости.

- За что? Ты же не скрывал, не запирал на замок и ничего мне не обещал. Ты, конечно же, можешь мне ничего не рассказывать...

- Эта фотография была сделана за день до того, как мы с ней стали мужем и женой. Я тоже думал, что ничто в жизни не сможет нас с ней разлучить, - но судьба сыграла с нами злую шутку. Хотя конечно, слово «шутка» ни с каким определением сюда не подходит. Для меня это была трагедия.

- Ее увел твой друг? Катя как-то сказала: «Наши отцы знали друг друга».

- Нет, все намного сложнее.

- Ты очень сильно переживаешь за Алика, потому что он сын Динары?

- Маша, Алик и мой сын тоже.

Было видно: она было готова ко всему, но только не к этому.

- Извини, это история запутанная. И я бы не хотел распространяться об этом. То, что ты должна знать, я тебе сообщил.

- Ты, думаю, устал, - медленно проговорила она. - И голоден. Можешь сам себе разогреть?

- Да, конечно.

Выйдя, поужинав, из кухни, он понял, что в квартире один. Он решил позвонить Динаре на домашний, чтоб не мешать ей, если она все еще в больнице.

- Ты уже дома?

- Да, я пришла совсем недавно. Извини, что не уступила свое место. Это сегодня. Можешь с ним пообщаться завтра.

- Не знаю, стоит ли мне спешить. Я думаю, что я должен объясниться с ним сразу, когда мы в следующий раз увидимся. Я не смогу перед ним притворяться, да и не честно будет с моей стороны по отношению к нему.

- Я не буду вмешиваться в ваши отношения. Решай сам, как тебе поступить, - тем более что ты психолог, не мне тебя учить.

- В том-то как раз все и дело: в отношении себя трудно определить, где проходит эта грань между объективностью и субъективностью. И никто лучше тебя мне не сможет в этом помочь.

- Ты, наверное, прав.

- Я могу к тебе сейчас подъехать? Или ты хочешь отдохнуть?

- Честно говоря, мне как-то пусто сейчас в квартире без сына. Раньше все на часы погля-дывала, готовила что-то к его приходу. Странно понимать, что он не придет.

- Он вернется - ты знаешь. Не сегодня и не завтра, в какой-то другой день - вернется.

- Спасибо за поддержку. Если у тебя есть возможность, я буду рада твоему приходу.

Глава 24

- Ты знаешь, что перед всевышним мы до сих пор муж и жена: ведь для того, чтобы наш с тобой развод осуществился, я должен был бы произнести три раза слово «талаю», - спросил Динару Алем, после того как та рассказала ему о проведенных часах с сыном.

Она посмотрела на него с сочувствием.

- Я не подумала. Я бы написала тебе эти слова на бумаге. Ты поэтому не расписывался с мамой дочери своей?

- Катерину я встретил раньше ее матери. Кате не доставало отца, а мне - тебя. Мы оба чувствовали себя обделенными. Это она ввела меня в свою семью, она помогла мне не сойти с ума, каждую минуту думая о тебе.

- Вот как, - тихо произнесло Динара.

- По поводу развода, - продолжил Алем, - это слово должен произнести муж.

- Ты бы их и произнес. Или мое присутствие было обязательно?

- Я ни без тебя, ни тем более при тебе не стал бы никогда их произносить. Если бы ты была рядом, я бы сделал все, чтоб ты осталась.

- Ты так любишь детей, и я должна была тебя лишить возможности иметь их?

- Понимаешь, если человек любит детей, он и приемных будет любить как своих. А если этой любви нет - он и своих не сможет любить по-настоящему. А насчет тебя: мне грело душу, что где бы ты ни была - ты остаешься моей женой. Конечно, для тебя эта новость, наверное, не очень приятная - ты вышла замуж, будучи перед всевышним женой другого.

- Получается, - сказала Динара задумчиво, - я все это время была твоей женой... Может, каким-то образом чувствуя это, я не захотела больше ни за кого выходить замуж, а посвятила свою жизнь воспитанию ребенка.

- А как же Алекс? Ведь мой сын носит его фамилию.

- Он просто признал его своим сыном и дал ему свое имя. Ты же понимаешь, никто не станет проверять мужчину, признающего ребенка женщины, с которой он не расписан, своим. Я подтвердила.

Алем встал, опять прошелся несколько раз

по комнате. Затем подошел к окну и, посмотрев на облака, произнес тихо:

- Прости меня, брат.

Динара, внимательно следящая за каждым его движением, услышала его.

- Ты, наверное, как только узнал, его в душе ни раз на части разрывал. Я, конечно, понимаю тебя: я сама не ожидала от себя такой бурной реакции, когда поняла по твоей фотографии, от кого Люся родила ребенка.

- Но почему, почему Алекс ничего об этом не сказал мне?

Он снова начал ходить по комнате.

- Ему что, была безразлична наша судьба? - проговорил он, остановившись перед ней.

- Нет - не была. Более того, он, похоже, не терял надежды, верил в нас.

- Почему ты так думаешь?

- Ты знаешь, у Алекса нет никого; и все, что он имел, должно было автоматически - по закону - перейти Алику. Но тем не менее Алекс попросил, чтоб я его отвезла к нотариусу. Я его отговаривала не ездить, убеждая, что это ни к чему: он был тогда очень уже плох. Но Алекс настоял.

- Но ты была права. Это, действительно, ни к чему. Хотя... ты не против, чтоб я восстановился в правах отца?

- Главное то, что Алекс был бы не против. За месяц до ухода, он искал тебя. По Питеру. Следы поисков я обнаружила после его смерти: по компьютеру, по номерам телефонных звонков.

- Но я был тогда уже в Москве. Я ведь сюда переехал из-за тебя. Думал, что ты, возможно, вернулась обратно к родителям. Тем более что квартира твоя была продана. Но ты в то время, получается, жила под Выборгом. А в квартире твоих родителей проживали уже другие.

- Да, они продали ее и купили себе другую, поближе к даче.

- Алекс учел все. Ведь, если фактически он перестанет быть отцом для Алика, сына могут лишить наследства, не будь завещания. Пойми, я сейчас не о наследстве сына пекусь: трудно пережить предательство человека, которого ты когда-то считал братом. Я буду благодарен ему до конца жизни своей. Как прискорбно, что мы никогда больше не увидимся. Алекс, наверное, похоронен там, под Выборгом?

- Нет, в Петербурге. Он был прописан там в своей квартире.

Динара замолчала, не в силах больше говорить. Динару душили слезы. Все что они тогда пережили с Алексом; потом его потеря, совсем еще молодого человека: вот он был и вот его нет - нахлынули на нее.

Алем же, увидев ее слезы, перекошенное от страдания лицо, вдруг окончательно понял, что его друг, самый близкий друг покинул этот мир навсегда. И его он точно никогда больше не увидит.

Он подошел к Динаре, крепко обнял ее. По щекам текли слезы. Они плакали, обнимая друг друга все крепче и крепче. Это были слезы и о потерянных ими годах, о пережитых страданиях.

Он поцеловал ее - она ответила.

Они любили друг друга, пытаясь утолить свою боль, свой страх перед новым расставанием, завтрашним днем. Ничто в этом мире для них не было больше само собой разумеющимся, незыблемым.

Глава 25

- Мамочка! - обрадовался Алик появлению матери.

- Еле дождалась, когда можно было пройти. Но это говорит, что с тобой уже намного лучше. Да, сынок?

- Да, мама, не волнуйся.

- Сынок, как все это произошло?.. Ты что-нибудь помнишь?

- Знаешь, что я понял, что все сочиняющие люди должны на машину ставить знак, что они творческие люди, что от них надо быть подальше. Имею ввиду, соблюдать с ними дистанцию. И не только на машину, а также на все средства передвижения, как, например, велосипед.

- К чему ты это, я не понимаю.

- Я тебе не говорил, хотел вначале чего-то

добиться. Меня все время одолевают фантазии. Вот я их и стал потом записывать. В журнале напечатали уже несколько моих рассказов. Так что я тебе уже могу об этом сказать.

«Люська-фантазерка», - вспомнила Динара.

- В тот день, возвращаясь с тренировок, я, как всегда, находился под влиянием зарождающихся в моей голове фантазий. Но одно дело, когда ты фантазируешь в метро, автобусе или в машине, - и совсем другое, когда ты фантазируешь, уже управляя средством передвижения. В кого я такой, мама? От тебя, я знаю, я перенял ум. Я пытался в глазах отца обнаружить взгляд творческого человека, но интуиция мне подсказывает, что отец далек от этого. Остаешься ты. Признавайся, ты тоже - как я - находишься под бременем фантазий?

- К сожалению, мне сейчас надо думать о реальных вещах. И так как тебе уже лучше, я схожу на работу - посмотрю, как идут дела в моем отделении.

- Да, заведующему отделения, наверное, не до фантазий. Конечно, мама, иди.

- Если что, звони мне сразу, договорились?.. Я поработаю до обеда и вернусь. Да... я рада за тебя. За твои рассказы.

- Ну тебе вначале надо их прочитать.

- В том что ты владеешь хорошей фанта-

175

зией - я не сомневаюсь. К тому же знаю, что, к счастью, у тебя также хороший ум и хорошее воспитание. Поэтому я уверена в том, что твои фантазии - хорошие фантазии. И твои рассказы - захватывающие и глубокие.

- Надеюсь, будешь того же мнения, когда прочитаешь их, - бросил Алик вслед уходящей матери.

***

- Алик! - окликнула юношу Катя.

Алик стоял у окна и кого-то высматривал.

- Тетя Динара ушла? - спросила она, увидев в окно маму Алика.

- Да, пошла на работе отметиться.

- Как ты?.. Можно тебя обнять? - спросила Катя, обнимая его, не дожидаясь ответа.

- Вроде бы как ничего. Главное, голова моя работает.

- Ты выходишь в парк? Тебе можно гулять?

- Еще не был. Но с тобой бы вышел. Один я пока не решаюсь.

- Пойдем. Сегодня хорошая погода.

Алик с Катей пошли прогулочным шагом по тропинке между деревьями. Юноша был довольно слаб еще. И Кате, привыкшей к быстрой спортивной ходьбе, приходилось каждый раз сбивать шаг. Она ушла в какие-то свои мысли, была в задумчивости.

- Ну как у тебя там на любовном фронте? - спросил ее Алик, улыбнувшись, поняв ее состояние по-своему.

- Никакого любовного фронта нет. Мы пока просто друзья.

- Пока?

- Эрик скоро уедет в Германию. Не будем об этом. Как ты теперь со спортом?

- Ты хочешь знать, вернусь ли я туда? Ты была права - это не мое. Возможно, мне нужно сосредоточиться на другом. Возможно, произошедшее - это судьба. Мне нужно заняться тем, что мне ближе и интересней.

- Что именно?

- Ой, смотри, твой отец. Он был у нас, когда им позвонили из больницы по поводу меня. И мама, благодаря твоему отцу, быстро добралась до больницы: я получил необходимую для меня недостающую кровь вовремя.

- Ты... с папой уже разговаривал?

- Нет. Я знаю, что он вчера целый день из-за меня проторчал в этой больнице. Я бы хотел поблагодарить его. Пойдем подойдем.

Алем стоял на аллее и не видел приближающихся к нему ребят. Между ними оставалось

177

несколько метров, когда к Алему подошла женщина. Алик замедлил шаг.

- Ты ее знаешь? - спросил он у Кати.

- Нет, вижу в первый раз.

- Она была у меня в палате. И у меня к ней какое-то двойственное чувство - эта женщина почему-то мне не очень приятна, в то же время она чем-то меня притягивает.

- Это тебя Динара ко мне подослала? - послышался голос женщины.

- У нас есть с тобой и свои разговоры. Тебе не кажется? - ответил ей Алем.

- Ты хочешь меня отблагодарить? - сказала женщина, усмехнувшись.

- За что, хотелось бы знать?

- Если бы не я, у тебя не было бы детей.

- Пойдем! - дернула Катя, остановившись, Алика за руку. - Не будем подслушивать.

Но… бесполезно: юноша весь был во внимании. И Катя, несмотря на его слабость, не смогла его даже сдвинуть с места. Ей пришлось подчиниться Алику, остаться с ним. Разговор - откровенно говоря - ее тоже сильно заинтересовал.

- У меня есть дочь. И сын у меня благодаря Динаре, а не тебе.

- Ну что ты говоришь? - хмыкнула она.

Катя опять потянула Алика за руку, в этот раз сильнее. Но Алик довольно грубо вырвал ее, не прекращая во все глаза смотреть на пару. Они с Катей стояли за деревьями, и их не было видно.

- Если бы не она, - продолжил Алем, - ты бы и моего сына отправила к праотцам. Один выкидыш... второй выкидыш! Как мы тебя все жалели! Может, тебе это и нужно было: чтоб тебя жалели, бегали вокруг тебя?

- Как будто я не знаю, из-за кого ты там под окнами каждый день торчал.

- А если знала, почему не звала ее?

- А ты просил?.. А... ну да... ты же у нас воспитанный. Ведь ты же не мог мне сказать: «Извини, я в больницу не из-за тебя пришел».

- Я не понимаю твоих претензий. У нас с тобой никогда не было никакого романа. Мы с тобой были просто из одной коммунальной квартиры - соседи. Пока ты меня пьяного (по случаю печального известия, что у Динары не может быть детей) не затащила к себе в постель.

- Да-а, надо было так надраться, чтоб меня называть Динарой. Как я ее тогда ненавидела!

- И решила отомстить? Нам обоим.

- Я не знала, что сразу же и залечу.

- Почему ты сбежала сразу после родов?.. Боялась, что не сможешь отказаться от ребенка? По той же причине не взяла его на руки, когда Динара предложила.

179

- Пытаешься меня анализировать?

- Нет, я пытаюсь найти в тебе хоть что-то человеческое - ты все же биологическая мать моего сына. Ну должно же остаться в тебе хоть что-то хорошее, чтоб Алику не было стыдно за тебя... А ты ведь здесь неспроста появилась... Опомнилась?

- Я-то давно опомнилась, но не могла его найти. Динара же поменяла ему имя и дату его рождения.

- Алик до школы по документам значился Альбертом. Когда же ты опомнилась - минимум семь лет прошло? А меня ты и не думала искать? Хотела до конца от нас скрыть, кто сын отца? А ведь Алик мог расти в полной семье, если бы не скрыла, что ждешь от меня ребенка.

- Ты бы жил с нами?!

- Ты свои фантазии поумерь. Имею в виду, Алик жил бы с Динарой и со мной. Что ты ему могла бы дать, чему научила бы сына - врать и фантазировать?

Катя увидела, как Алик дернулся. Но она понимала: что-либо предпринимать бесполезно, слишком много уже было услышано.

- Алекс правильно делал, что держался от тебя подальше. А я тебя все жалел, как и моя мама. Думали: фантазерка, что с тобой поделаешь.

- Ну, мой богатый муж и наша вилла - не фантазия. И я сделаю все, чтоб увезти своего сына. Молодежь сейчас практичная. Сын в том возрасте, когда уже имеет право выбирать.

Хорошо, что у Катерины, как у любого фигуриста, отличная реакция. Иначе что бы было с ним, если бы Алик опять ударился головой.

Она подхватила его. Катя впервые видела человека в обморочном состоянии, притом этот человек ей был очень близким.

Она сильно испугалась.

- Помогите!!!

Катя услышала, как ломаются сухие ветки под тяжелыми бегущими ногами.

Глава 26

Чего только их тренер не выдумает. Не он Катю, а она несла его на руках. Алик даже не подозревал, какие они у Кати сильные. И она передвигалась по льду так быстро. «Держись, только держись», - дошло до его слуха. Нет, это была не напарница, голос был мужской и очень знакомый. Алик его уже где-то слышал, совсем недавно. И зачем ему держаться - он ведь так себя чувствовал уверенно в этих сильных руках.

И еще кто-то ему говорил эти же слова. Он вспомнил. Отец ему давал конец веревки и говорил: «Держись!». А потом отходил от него и, взявшись за другой конец веревки, произносил: «А теперь иди ко мне!». Думая, что ему есть на самом деле за что держаться, он, схватившись за конец веревки, смело шел к отцу.

Но откуда он это помнит, ему же тогда было не больше года? Ах да, он это не раз смотрел по видео, когда-то снятому его матерью. У них их много о нем и об отце. Отец... он что-то узнал новое о нем. Что это было?.. Нет, ему никак не вспомнить... Но это же он несет сейчас его на руках. И поэтому Алик себя хорошо и надежно чувствует. Он стал опять маленьким? Вернулся в детство? Он очутился на том мосту? Мать ему в детстве рассказывала, что видела такой мост: перейдя по которому в одну сторону, можно по времени оказаться в будущем; а пройдя по нему в обратную сторону, вернуться в прошлое. Она обещала, что когда-нибудь ему его покажет.

Алик перестал чувствовать руки отца - он начал парить. Ему стало так хорошо! Пока в его руку не воткнули иглу. Алику и раньше это делали. Это больно, но только на мгновение. Его больше не несли: он почувствовал, что он на чем-то лежит. Алику было лень открывать глаза, захотелось спать.

***

Динара сидела, придерживая руку Алика, чтоб он ее во сне не дернул. Вошла медсестра.

- Еще капает?

- Да вы не переживайте, я сама капельницу

183

сниму, - проговорила Динара, посмотрев на нее.

- Сумеете?
- Я врач.
- Хорошо.

Алик открыл глаза.
- Мама?.. Ты вернулась?.. Знаешь, я видел такой странный сон.

Дверь в их палату открылась - вошла Люся. Произошла заминка. Алик посмотрел на Люсю так, как тогда - в первый раз.
- Скажи ей, чтоб она ушла, - проговорил он, переведя взгляд на сидящую рядом мать. Люся какое-то мгновение стояла неподвижно, и все это время юноша продолжал смотреть в глаза матери, как будто в них черпал силы.

Люся резко развернулась и пошла к дверям. Динара осторожно перехватила руку Алика, в вене которой все еще находилась игла, чтоб он ее не дернул, если вдруг Люся хлопнет дверью. Но даже не услышала, как та вышла.

Опять вошла медсестра.
- Вам нужно бы подписать один документ, - сказала она, обращаясь к Динаре.
- Я сразу же вернусь, - сказала, погладив сыну руку, Динара.

Через несколько минут, как Динара ушла, в

палату вошла Катя, за ней появился Алем. Катя, опередив отца, быстро подошла к кровати.

- Я ждала, когда ты проснешься. Я хотела удостовериться, что с тобой все в порядке.

- Со мной все в порядке, - проговорил он как-то напряженно.

- Мне пора на тренировки. Я приду завтра.

Алик нервно схватил ее за руку. Катерина, наклонившись к нему и поцеловав его в щеку, прошептала:

- Все будет хорошо… У нас с тобой самый лучший папа в мире.

Затем, уступив место у кровати отцу, она покинула палату.

- Можно? - спросил Алем, указывая на стул.

Алик кивнул.

- Как ты? Ты проспал три часа.

- Да, и проснувшись, я решил - что все что было - мне приснилось.

- Извини, что ты узнал все таким образом. Я понимаю: тебе нужно время, чтоб переварить услышанное. Я не буду тебя сильно беспокоить. Отвечу на все твои вопросы, когда ты будешь готов к разговору.

- Эта женщина... ну… которая...

- Твоя биологическая мать, - помог он ему.

- Вы знаете ее с детства?

- Да. Ей было тогда пять, когда она со своей матерью въехала в нашу квартиру.

- Какая она была... тогда?

185

- Веселая… смешная... Временами сильно скучала по отцу: он отказался от нее. Потом и по матери. Когда Люся пошла в школу, мать отдала ее в продленку. Там были дети разных возрастов. Вот тогда с ней стали происходить перемены. Если вначале у нее были интересные, светлые фантазии - мы любили слушать ее выдумки - потом же они резко изменились. И главной темой ее выдумок стала месть. Сама она тоже стала сильно меняться. Стала резкой, грубой, начала врать. Алик… я это все тебе рассказываю не для того, чтоб вызвать в тебе к ней негатив. Наоборот, я хочу, чтоб ты понял: если бы не проблемы, которые были в ее жизни, она была бы другой. И я верю, что в ней еще сидит та маленькая девочка. И не только в ней, но и в каждом из нас есть кусочек того, с чем мы родились. Ведь человек не рождается с отрицательными качествами, он их приобретает из-за того, что жизнь иногда оборачивается к нему с не очень доброй стороной.

Вошла Динара и, положив мягко руку на плечо Алема, проговорила:

- Тебя попросил подойти доктор.

Мать и ему иногда клала так руку на плечо. Так - как кладут только очень близкому человеку. Нет, он еще не все вопросы решается им задать. И как же теперь Катя? Правда, не видно было, чтоб она страдала. Или для нее это все давно не новость?

- Мама, - спросил он, когда они остались вдвоем, - меня после рождения записали под другим именем? Альбертом?

- Да.

- Ты поменяла его после того случая - моего первого посещения школы?

- Ты помнишь этот случай?

- Да, помню... Когда учительница назвала меня Альбертом, я ей сказал, что я не Альберт, меня зовут Алик. На что она мне ответила: «Ты такой большой, но не знаешь своего полного имени?»

- Извини, об этом как-то не приходилось с тобой поговорить. Начиная с меня, тебя все называли только Аликом.

- Она это сказала таким тоном, что ребята стали смеяться надо мной. И ты как раз в это время вошла в класс, я подбежал к тебе и сказал: «Мама, скажи им, что я никакой не Альберт - мое настоящее имя Алик». И ты, смотря в упор на учительницу, уткнувшуюся в журнал, громко сказала: «Да, твое настоящее имя Алик». Я помню, как учительница, не выдержав твоего взгляда, посмотрела на тебя и тут же сильно покраснела.

- Ты все это до сих пор помнишь?

- Я об этом никогда раньше не вспоминал. Я сразу поверил тебе.

- Я на другой же день пошла и оформила бумаги на изменение твоего имени.

- Мама, что теперь будет? У меня на самом деле есть право выбирать?

- Да. Тебе же уже шестнадцать.

- Неужели эта женщина и вправду думает, что я продамся за виллу?

- Для меня важно не что думает она, а что думаешь ты. Я не буду таскать тебя по судам. Я приму любое твое решение.

Алик видел: хотя его мать и старалась быть спокойной, во взгляде ее сквозила тревога.

- Смотри, больше не капает.

Динара испуганно вскочила, но тут же, успокоившись, произнесла:

- Нет, еще не вся жидкость закончилось. Потерпи, немного будет больно. - Вынула иглу из вены. - Вот и все.

- А теперь, - сказал Алик, - обними меня и не отдавай никому.

Он ощутил на своей коже слезы обнявшей его матери.

Глава 27

Маша сидела за компьютером, разглядывая фотографии дочери.

- Откуда эти фотографии?

- Катюша, ты меня напугала! Я не слышала даже, как ты вошла в квартиру.

- Ты так была увлечена созерцанием моих фотографий, которых я сама никогда в жизни не видела. И на всех я на льду: на тренировках или на соревнованиях. Я не помню, чтобы ты когда-нибудь мне их показывала.

- Эти фотографии сделал... твой отец.

- Папа? Когда он успел и почему он мне их не показывал?

- Твой родной отец.

- Мой отец? Он живет в Москве, и я даже об этом не знаю! Ты дала мне полюбить чужого отца как родного и жить в страхе, что он когда-нибудь нас оставит и у меня опять не будет отца?

- Твой отец живет не в Москве. Он живет в Германии. Наша история не такая уж радужная, чтоб рассказывать тебе о ней. Мне не хотелось тебя расстраивать.

- Знаешь, мама, после того, что Алик чуть не лишился жизни, любую другую историю я приму просто как жизненную. Я теперь знаю: в жизни всякое может быть. Главное, чтоб была она - жизнь и чтоб все близкие тебе люди были живы, - тогда, когда Алик был без сознания, я дала себе слово, что приму все, чтоб только он был жив... Но почему мой отец не подошел ко мне? Он, получается, часто приезжал сюда?

- Да, он приезжает, чтоб увидеть тебя. И каждый раз делает много фотографий и потом присылал их мне.

- А папа об этом знает?

Маша не стала спрашивать: который. Это можно было понять по тону, каким ее дочь это слово произносила - с теплотой и с любовью. Потому она и не решалась порвать все для того, чтоб протянуть руку человеку, который когда-то ее предал. И главное - еще не родившегося их ребенка. А вдруг дочь права: в жизни всякое бывает.

- Зачем?.. Я ему никогда не изменяла. И у него были свои секреты.

- Мама, я не хочу вмешиваться в ваши с папой отношения. Но о том, что касается моего родного отца и меня, я хочу знать все. Я не хочу испытать то, что испытал Алик, узнав обо всем случайно.

- Что-то опять случилось?

- Там все, я уверена, будет хорошо. Давай поговорим обо мне. Вернее, о моем отце.

- Я с ним встретилась в НИИ, куда пришла после ВУЗа. Мы сразу нашли с ним общий язык, он мне помогал разобраться в моей работе. Уже тогда я чувствовала какие-то пошушукивания за спиной. Можешь представить, что началось после того, когда наши отношения перешли в очень близкие. Только позже я поняла - в чем же все дело. Когда я узнала, что беременна, я, естественно, сказала ему. Он как-то растерялся. Я ему сказала, что я не хочу растить ребенка одна и, если он ему не нужен, я сделаю аборт. (Прости… Я тогда жила в Москве совсем одна, снимала квартиру, только начала работать.) На что он сказал: дело не в том, что он не хочет ребенка, дело в том, что он женат.

- Вот почему на работе шушукались. Разве они не могли сказать тебе об этом прямо?

- Не хотели, видимо, вмешиваться. К нему там очень хорошо относились. Кроме того, что меня это новость ошарашила, она меня также очень удивила. Я часто бывала на его квартире,

191

и следов хозяйки там не замечала. Оказалось, что жена с маленьким сыном живут в Германии. Они должны были уехать туда всей семьей, но твой отец не захотел уезжать из России.

Я не знала, что делать, он просил оставить ребенка: он разведется и мы будем жить уже своей семьей. Я уже была на шестом месяце беременности, когда твой отец решил поехать в Германию, чтоб поговорить с женой о разводе и увидеть сына, по которому он очень скучал. Наверное, и наши разговоры о ребенке также подстегивали его воспоминания о сыне. Обратно он не вернулся. Он прислал мне сообщение, что я могу пользоваться его квартирой столько, сколько мне будет нужно. Ну а куда мне было деваться?

- Он как-то помогал тебе?

- Поначалу, да. Пока я жила в его квартире. Когда мы переехали в квартиру Алема, я начала копить деньги, чтоб построить свою квартиру: я уже тогда ни на кого не рассчитывала. Алем никогда не заговаривал о браке, ну а вскоре я поняла и причину.

- Ты можешь мне об этом сказать или это касается только вас?

- Это касается только Алема.

- Тогда не надо рассказывать - я и так все поняла.

Когда мой отец появился здесь?

- Где-то через год, как мы с Алемом начали

192

жить вместе. Он просил прощения и говорил, что до сих пор любит меня. А уехать он не смог из-за сына. Сын у него все спрашивал: «Ты же больше не оставишь нас?» Не мог же он сказать, что это мама оставила его. Которая его бросила опять: отдыхая в Швейцарии, она познакомилась со швейцарцем. На этот раз она не забыла подать на развод перед тем, как уехать от него.

Когда он заявился... - Маша замолчала. Катерина видела, что ее мать до сих пор волнует история тех лет и это их встреча. - Мне трудно это объяснить, что я тогда испытала…

В общем, когда он уже понял, что ему меня не вернуть, стал просить встречи с тобой. Ты ведь до недавних пор думала, что Алем твой родной отец. И очень любила его. Я знала, как ты хотела отца, поэтому, наверное, и назвала его «папой». И мне не хотелось разрушать твой установившийся мир. Я сделала попытку ему все объяснить. Я успела проговориться твоему отцу, что ты занимаешься фигурным катанием. И он пошел разыскивать тебя туда. Он стоял у борта, поджидая конца тренировок. И туда же подошел и Алем, они стояли рядом. Ты, увидев отца, закричав: «Папа!», покатила к нему. Твой родной отец испытал шок - ты мчалась в его сторону радостная и счастливая. Но ты, естественно, бежала не к нему. Алем подхватил тебя. Ты стала радостно его обнимать, говоря: «Ты уже освободился, меня ты повезешь домой?..»

193

(В этот день должна была забирать тебя я.) Твой отец увидел, какая сильная между вами отцовско-дочерняя связь. И он понял: что он должен будет поломать. Он принял это за твое благо и за наказание ему. С этих пор, приезжая, он шел на стадион и, сидя на трибунах, фотографировал тебя. Он просил свидания со мной в кафе - я не отказывала. Я была ему благодарна, что он не тревожит тебя.

- Я думаю, что причина была не только в этом. В твоих глазах все время какая-то боль. Ведь ты его любишь до сих пор, да?

- Он отец моей дочери. И он был моей первой настоящей любовью, иначе разве я стала рожать. Я понимала, что бы он ни говорил, все шатко.

- А папа? Папу ты любишь?

- Алема? Его просто...

- ...невозможно не любить?

- Ты правильно сказала. Есть такие мужчины и женщины, которых просто невозможно не любить, коли они позволяют себя любить, - хотя и понимаешь, что ты не его пара. И вы будете вместе до тех пор, пока они не встретят свою настоящую любовь, - задумчиво проговорила Маша.

Катя не все поняла, что сейчас сказала мать, но разъяснений просить не стала.

***

Когда Алем, вернувшись домой, вошел в гостиную, увидел везде: на диване, на стульях и даже на столе - женские вещи и два больших чемодана на полу.

- Ты куда укладываешься?

- Я ухожу.

- Уходишь?

- Я не могу смотреть, как ты мучаешься.

- Ты всегда понимала меня.

- Потому что любила. И я знаю, что такое любить в одиночестве.

- Ты больше меня не любишь?

- Ну, насколько я понимаю - это больше не имеет значения. Во всяком случае - в наших с тобой отношениях. Скажи... а Динара... сильно изменилась?

- Немного. Стала женственней.

- Вот видишь, - Маша нервно засмеялась, - у меня никаких шансов.

- Прости… Я… за тебя и за Катерину, если понадобится, в огонь и в воду - а без Динары… дышать не могу.

За дверью гостиной послышался чей-то нарочитый кашель.

- Я голодная как волк; у нас есть, что поесть? - спросила Катя, появившись на пороге гостиной.

- Иди мой руки, я подогрею.

Когда Катя заканчивала уже свою трапезу, на кухню вошел отец. Катя поднялась, открыла холодильник и стала внимательно изучать его содержимое.

- Катя, оставь это, нам нужно поговорить.

- Ты можешь сильно не мучаться - мама мне уже все объяснила, - обернулась она к нему. - Может, так будет лучше. - Катя села за стол, отец сел напротив. - Я видела иногда, как мама плачет. Мама пыталась скрыть свои слезы, но я все же замечала. Родителям, наверное, кажется, что дети ничего не понимают в их отношениях. Но это не так. Может, и не все понимают, но очень даже чувствуют, если что-то не так. И очень даже сильно от этого страдают. Страх, что нас оставишь, у меня появился уже давно. Я боялась, что ты уйдешь и вычеркнешь меня из жизни навсегда. Но теперь я повзрослела. Я понимаю, то что невозможно просто взять и вычеркнуть человека... И устала бояться... Так будет лучше… Я не хочу видеть ее слезы… Я думаю, у нее есть шанс стать счастливой. Я не буду против. Ведь моя мама хороший человек, иначе ты бы не прожил с ней столько лет и так дружно. Вы не были совсем чужими.

Алем не решался прервать дочь. Боялся, в отличие от нее, сморозить какую-нибудь чушь.

- Надеюсь… ты простишь меня, - наконец выговорил он.

- Если ты меня не забудешь… Я ведь все равно тебе как родная, правда? У меня нашелся и биологический отец. Но все мое детство - и не только - связано только с тобой. Когда я буду вспоминать его, там будешь ты. И мой родной отец никогда не сможет вернуть себя в мое детство, как бы ему это не хотелось.

- Ну как же я тебя забуду, - произнес Алем, встав и обняв ее. - У меня детей всего двое: ты и Алик.

- Да, Алик… У меня ведь теперь есть и брат, - отметила Катя, пытаясь незаметно смахнуть выступившие слезы. - А я ведь чуть в него не влюбилась - вовремя передумала, - улыбнулась она. - Брат - это здорово. И он у меня только один, в отличие от моих поклонников. Ах, да! У меня ведь есть еще брат в Германии.

Катя весело рассмеялась. Алем улыбнулся: на душе отлегло.

Глава 28

- Катя, после усиленной двухчасовой тренировки, отдыхая, катила по льду.

- Катя! - услышала она.

У борта стоял Эрик.

- Привет, - поприветствовала она, подкатив к нему.

- Катя, я уезжаю.

- А-а... - рассеянно произнесла девушка, сосредоточив все свое внимание на мужчине с фотоаппаратом. Он не фотографировал, но, как показалось Кате, смотрел в их сторону. Краем зрения увидела тренера.

- Мне пора. Я тебе позвоню.

Взгляд Эрика был каким-то растерянным. «Чего это он?..» - подумала она, откатывая от Эрика. Он иногда подвозил ее на своей машине, но сегодня, видимо, тренировок у него не было, а у нее впереди еще много часов работы.

На другой день ее опять поджидали у борта.

- Алик! - закричала она обрадованно.

Подъехав, Катя сходу обняла его.

- Ты выписался? С тобой все в порядке?

- Да, все нормально. А с тобой?.. - спросил он как-то настороженно.

- А что со мной?.. Наверное, тоже - все в порядке.

- Ну хорошо! А то я уже, чтоб тебя как-то поддержать, билеты в театр купил. Ты как?

- Ты знаешь, я театр о-бо-жа-ю! — засмеялась она. - Может, мы и Эрика возьмем. Как там с билетами?

- Ты не знаешь? - удивился Алик. - Я ведь потому билеты купил, чтоб как-то отвлечь тебя.

- Что я не знаю?

- Что Эрик сегодня уезжает.

- Куда он уезжает?

По глазам Алика поняла куда.

- В Германию? Насовсем?

- Он тебе не сказал?

- Сказал. Только я не поняла.

Катя отвернулось, чтоб скрыть стекающие по щекам слезы.

- Что, театр отменяется? - спросил ее Алик, после того как она успокоилась.

- Он даже мне не позвонил. Нет, ничего не отменяется - не дождется! Парень должен бороться за возлюбленную, а не так - уходить в сторону при первой же неудаче.

- Катя, мне тут нужно по делу. Пусть твой билет будет при тебе: если вдруг я задержусь. Ты меня не жди, иди одна, а я потом подойду.

Когда Алик ушел, Катя бросила взгляд на трибуну: вдруг там опять появится мужчина с фотоаппаратом. Ей бы это помогло: то, что она кому-то очень нужна. Но там было только одно знакомое лицо. Одним из троих, сидящих на трибуне, была Лиля - та самая, к которой был неравнодушен Алик. Похоже, она тоже к нему неравнодушна.

«Всё, всё против меня», - подумала она.

***

Хорошо, что Эрик уезжает на поезде, а не на самолете. Конечно, на поезде можно больше вещей перевезти, тем более что юноша уезжал навсегда.

- Эрик!

- Алик?.. Рад тебя видеть, - похоже, ты в порядке.

- Я-то в порядке, а вот кто-то другой...

- Насколько я помню, Катя не очень расстроилась. Да и вообще, зачем я ей нужен? Еще год-два и у нее отбоя не будет уже от взрослых парней. Они не вы - подростки: ходить вокруг да около не будут.

- Себя стало жалко? А ее не жалко? Я думал, наоборот, поддержишь: недавно разошлись ее мать с отцом, а теперь еще и ты...

- Я не знал.

- Теперь знаешь, и вот тебе телефон.

Эрик не стал доставать свой: прозвучало предупреждение об отправке поезда.

- Да, Алик, - послышалось из трубки.

- Это не Алик, это я.

Алик, чтоб не мешать, отошел.

- Забери телефон, - крикнул Эрик, запрыгивая в тамбур поезда.

Алик уже на ходу выхватил свой телефон.

- Спасибо! - закричал Эрик из поезда, уже набирающего скорость.

Когда Алик вошел в зал, прозвенел третий звонок. Он, конечно, купил билеты на лучшие места - в середине ряда. И теперь ему пришлось пробираться, втянув в себя все что было возможно. Зрители его, во всяком случае, ряда были на местах. Только одно кресло в середине было не занято. Странно, что не было видно

Катиных светлых волос. На самом деле Кати не оказалось, на ее месте сидела...

- Молодой человек, ну что вы стали, проходите уже.

- Извините.

Алик прошел на свое место, чуть задев колени той, из-за которой и был столбняк. После женщины, сделавшей Алику замечание, сидела ОНА, которую он часто видел на трибуне и к которой не решался подойти.

- Катерина сказала, что не может прийти, и отдала свой билет мне, - сказала та смущенно.

- Да? Она мне даже не позвонила. Нет, я не против. Я... не то хотел сказать. Честно говоря, я очень рад... Я давно хотел познакомиться с тобой.

- А я думала, что ты меня не замечаешь.

- Я тебя сразу заметил. Ведь тебя Лилей зовут?

- Да.

- А меня Алик.

- Я знаю, - прошептала она.

Представление началось.

Глава 29

Настроение у Алика сегодня было особенно приподнятым. Алик не мог понять почему. Хотя чему удивляться, в жизни было столько хороших перемен. Вот уже почти год он жил в полной семье. Он даже не подозревал, как это здорово: видеть мамины счастливые глаза, рядом с тобой отец, с которым можно обсуждать все свои мужские проблемы, смотреть вместе спортивные соревнования. Алик даже не знал, что его мама ярая болельщица футбола. Когда спросил, почему она раньше не смотрела, она сказала, что это было их, ее и отца, развлечение. И слишком напоминало об утерянном.

Алику иногда казалось, что это они юные, а не он. И когда их заразительный смех мешал ему заниматься, он их одергивал:

- Молодежь, нельзя потише?

И они продолжали смеяться, уткнувшись уже в друг друга. И было видно, что им от этого еще смешнее.

В двухкомнатной квартире стало тесновато. Катя с матерью остались пока жить на квартире отца. У Катиной мамы квартира была однокомнатная. Отец не мог оставить Катю без своей комнаты.

Родители Кати сошлись. Они бы давно уже жили в Германии, если бы не Катя. Она ни в какую не хотела уезжать. Отец же Кати не хотел уезжать из Германии, где у него была хорошо оплачиваемая работа (он был хорошим специалистом) и просторная квартира.

Катя, опять перейдя в одиночницы, стала показывать очень хорошие результаты. И Катя представить не могла, что не видела бы их отца. Она часто приходила к ним. Катя еще сильнее сдружилась с Аликом. Они все больше стали ощущать друг друга братом и сестрой. Этому особенно способствовало то, что они называли «папой» одного и того же человека.

Когда Алик вошел в квартиру, услышал из ванной сопровождающие рвоту звуки. Динара, обессиленная, сидела на полу у унитаза.

- Мама, что с тобой?

Алик жутко перепугался. Мать хотела что-то сказать ему, но ее опять начало рвать. Алик побежал за трубкой и, набрав номер телефона отца и услышав ответ, крикнул:

- Папа, приезжай быстрей! Маме плохо!

Вышла из ванной мать. Алик, подскочив, подставил ей плечо; хотел повести ее в спальню, но мать отрицательно покачала головой. Она легла на диван в гостиной. Затем поблагодарила сына, чуть сжав ему руку, и закрыла глаза.

Алем прошел в гостиную, не разуваясь.

- Динара, ты спишь?

Динара открыла глаза и повела взглядом. Алем понял: проверяла, здесь ли Алик. Алем показал жестом сыну, чтоб тот вышел.

Она какое-то мгновение смотрела на Алема тоскливым и потухшим взглядом, потом села и резко обняла его.

- Динарочка, что с тобой? Ты пугаешь меня.

- Я хочу присутствовать, когда моему сыну будут вручать свидетельство об окончании им школы. Я хочу еще немного счастья с тобой… Я так долго тебя ждала. И это все?.. Я, наверное, неблагодарная, ведь и этого могло не быть.

- Ты... о чем?.. Ну говори же, не своди меня с ума?

- У меня все так, как было с Алексом. Все, что я видела тогда.

- Что? Подожди, ты была у врачей? Что они сказали?

- Я и без врачей знаю, что со мной.

- О боже! Я подумал, что тебе уже диагноз поставлен. Так, собирайся! Едем в больницу.

- Не сегодня, пожалуйста.

- Не сегодня? Ты хочешь, чтобы мы все тут всю ночь глаз не сомкнули?

Динара уткнулась в свои колени, обняв их. Алем никогда не видел ее такой беспомощной. Свои же чувства он взял в кулак, иначе он на самом деле может сойти с ума, а Динаре от него сейчас нужна помощь.

- Динарочка, я тебя дома не оставлю. Давай тогда поедем в твою клинику - и там можно сделать анализы.

- Хорошо.

В голосе послышалось безразличие.

***

Сотрудница клиники, вернувшись из лаборатории в кабинет Динары, попросила пройти с ней на УЗИ. И Алем хотел пойти с ними, но Динара попросила его остаться.

Когда она вернулась, Алем медленно встал. Динара была растеряна, можно сказать, в шоке.

- Алем, скажи, твоя мама и твой дядя близнецы? Они так похожи.

«Надеюсь, она не сходит с ума», - подумал он, но все же ответил:

- Да, к чему это ты?

- К тому, что - насколько я знаю - в нашем роду близнецов нет.

«Она точно сходит с ума», - забеспокоился он уже не на шутку.

- Динара, ты присядь.

Динара не стала садиться. Нет, взор ее был ясен. Она понемногу стала приходить в себя.

- Я много лет лечилась, а потом бросила. Я хотела детей только от тебя.

- Что?! Динара, ты беременна? Не молчи, солнышко, дай мне глоток воздуха!

- Алем, но близнецы... Мне скоро сорок.

- Да я чашки не дам тебе с места сдвинуть!

Алем стал целовать ее в губы, в глаза, в щеки, в лоб. Алему так хотелось обнять и прижать ее к себе, но он боялся потревожить своих близнецов, которые так напугали его, прежде чем сделать безумно счастливым.

- Ты ведь знаешь, - сказала она, пока Алем покрывала ее поцелуями, - я никому посуду нашу мыть не доверяю.

- Я тебе куплю посудомоечную машину, - сказал он, смеясь.

- Знаем мы уже твои обещания, правда?.. - ответила она, погладив свой живот. - Когда это было?.. Как давно это было… - сказала Динара, посмотрев на него любящим взглядом.

- Было, и у нас еще с тобой многое будет... Скажи, а пол уже известен?

- Все, как у вас: девочка и мальчик.

- Здорово! Ой, нам надо Алику позвонить.

- Да, успокой его.

- Алё, Алик, с мамой все в порядке... да... не переживай.... С кем?.. Хорошо, пусть никуда не уходит... Потому что... В общем - ждите... Пришла Катя, чтоб его поддержать, - сказал он, обратившись к Динаре.

- Хорошо, сразу всем и сообщим.

Когда они ехали в машине, Алем спросил:

- Как же ты не смогла понять, что с тобой? У тебя же должна была быть задержка.

- Она и была. Я решила, что у меня ранний климакс. Такое бывает, если женщина долго не живет с мужчиной. Алем, знаешь, что я думаю, - заговорила Динара о другом, не заметив устремленного на нее виноватого взгляда мужа, - мы продадим наши, твою и мою, квартиры и купим большой дом. Заберем Катерину к себе, пусть ее мама устраивает свою личную жизнь. Кате все равно через года два-три вылетать из гнезда. И нам на самом деле нужен большой дом.

- У меня самая лучшая жена на свете!

Она, чтобы Алему не нужно было до нее дотягиваться, подставила ему щеку.

Глава 30

- Давай отдохнем, мне надо попить.

Эрик подкатил к борту; взяв свою бутылку, отхлебнул немного воды и вернулся к своей партнерше.

- Слушай, она ведь опять здесь появилась. Что ей тут надо?

- Регина, перестань устраивать мне сцены ревности. Мы с тобой просто друзья - мы же договорились.

- Друзья по постели?

- Я тебе честно сказал, что никаких серьезных отношений у нас быть не может. Тебя это устроило.

- Но я не знала, что нас будет две, с кем у тебя отношения несерьезные.

- Кроме тебя, извини, я ни с кем не сплю,

так что успокойся, - отмахнулся Эрик от напарницы.

- Но что она тогда здесь высиживает уже который день?

- Ну кого ты там увидела?

Эрик посмотрел на трибуну. Там, наверху, действительно сидели две девушки. И одна из них очень напоминала...

- Да не блондинку я имею ввиду. Ты что, не узнаешь ее? Это же Смирнова... одиночница, - сказала ревнивица, поймав его взгляд.

- Катя? Катя!

Он буквально сорвался с места. Подкатив к борту и перемахнув через него, побежал прямо на коньках наверх.

- Коньки ведь испортишь... - проговорила опешившая Регина.

- Катя! Это ты?.. Или мне все это снится?.. - произнес Эрик, остановившись у скамейки, на которой Катя сидела.

- Могу ущипнуть.

- Ты такая... стала.

- Ну да, малявки с годами становятся девушками. Но удивительно, что ты стал еще выше.

- Мне тогда было всего восемнадцать, и у меня были еще впереди годы для роста. Но я, наверное, казался тебе очень взрослым тогда, - улыбнулся он.

- А теперь мне через месяц восемнадцать.

- Катя, но что ты здесь делаешь?

- Моя мама с моим родным отцом живут в Германии, в этом городе.

- А ты почему в России?

- Ты следишь за мной?

- За твоими успехами? Конечно.

- Знаешь, хорошо жить хорошо - дома. А мне дома очень хорошо.

- Ты живешь одна?

- Нет. С папой и с тетей Динарой. Но скоро буду переселяться в свою квартиру. Конечно, и своих буду часто навещать. Там весело. Нас у папы теперь четверо.

- Да, я слышал от друзей из спортклуба о близняшках Алема Равиливича. А Алик? Как у него дела? - Голос стал напряженным.

- Алик сейчас служит в армии, демобилизовавшись, останется в Петербурге. Алик служит под Выборгом, выходные проводит на своей даче, пишет там очерки армейские, выпускает газеты. Даже книгу, еще будучи в армии, новую начал. Говорит, что там, на даче, хорошо ему пишется. А потом Алик с Лилей будут поступать в Петербурге на журналистику. У него же и квартира там есть: от отца его, который его усыновил, осталась.

- У твоего брата была интересная фамилия - Карху.

- Была - и есть. Когда у родителей Алика

211

родились близнецы, один из которых мальчик - продолжатель рода, он сказал родителям, что хотел бы оставить фамилию Алекса в добрую память о нем. И я считаю, что он поступил правильно.

- Он общается с биологической матерью?

- Она приезжала, как раз когда он закончил школу, и они встретились. Но его родная мать повела с ним неправильно. Она ему все время говорила только о том, какие они с ее мужем богатые и что все это богатство достанется ему. Во всяком случае, по брачному договору пятьдесят процентов уже ее, и все это она, конечно же, оставит ему. Алик с сарказмом спросил у нее: «Ну а если я не поеду, ты мне ничего не оставишь?» Она растерялась и некоторое время молчала, хотя со стороны Алика это был всего лишь подкол, - заминка матери его оскорбила. Вернувшись домой, он сказал мне: «Нет, от той маленькой девочки, к сожалению, уже ничего не осталось».

- Да, в нем-то самом очень много хорошего. Я обязательно буду следить за его творчеством. Почему он поступает на журналистику, а не в литературный?

- Он считает - так больше будет набираться жизненного опыта.

- Почему он после школы не поступал?

- Решил сразу, как стукнет восемнадцать, пойти в армию. Это ведь тоже жизненный опыт.

И у него была возможность до ухода в армию помогать матери с малышами. Мы, конечно же, все помогали, но у него было больше времени. Правда, Алик успел заодно за тот год и книгу выпустить.

- Надо отметить, что он серьезно к своей литературной деятельности готовится.

- Он как-то сказал мне, что не хочет быть пустым фантазером... Тебе не кажется, что твоя партнерша устала посылать тебе сигналы?

- У нас с ней завтра последнее выступление. Я ухожу из спорта.

- Как?.. Совсем?.. Но ты же хотел работать тренером.

- Нет, я все переиграл. Я поступил на переводческий факультет. Я в совершенстве владею английским и немецким, ну о русском языке и говорить нечего. Работу могу найти хоть завтра. Вот и решил не доставать правой рукой левое ухо. Некоторые вещи, о чем я думал и мечтал в восемнадцать лет, сейчас кажутся наивными.

- Понятно.

- Не думаю, что тебе все понятно, - улыбнулся Эрик. - Мне надо возвращаться на лед. Давай встретимся завтра после соревнований, чтоб я уже был совсем свободным. Придешь?

- Позвони, как освободишься. Боюсь - мое присутствие твоей партнерше только помешает. Пока.

Катя стала быстро спускаться вниз.

«Приревновала. И как она догадалась?», - подумал он. Это вызвало в нем двойственное чувство - радость и тревогу. Она похорошела безумно. И он был полностью, как никогда, в ее власти.

***

- Катя, я хочу пригласить тебя в гости, - сказал Эрик, когда они на другой день встретились после соревнований. - Хочу преподнести тебе подарок к твоему совершеннолетию. Он уже давно у меня приготовлен.

- Ты собирался ко мне приехать?

Катя была приятно удивлена.

- Не знаю, получилось бы приехать, но я всегда помнил об этой дате.

Когда они вошли к нему в гостиную, Катя сразу поняла, какой подарок он ей приготовил. На стене висела небольшая картина.

- Как красиво! Ты это сам?

- Нет, что ты! Я ее заказывал известному художнику. Рад, что тебе картина понравилась.

- Весенник... Первые цветы...

- Ты помнишь о них?

- Я помню все... Ты так смотришь на меня. Ты хочешь меня поцеловать?

- Хочу. Можно?

- Чтоб я - проделав столько километров - уехала, не получив твоего поцелуя?

Катя, став на цыпочки, сама поцеловала его.

В это время позвонили в дверь.

- Ты кого-то ждешь? - спросила девушка, отпрянув от него.

- Нет, конечно нет! - произнес Эрик. В его голосе послышалась нервозность.

В дверь опять настойчиво позвонили.

У порога стояла Регина, напарница Эрика. Эрик вышел на площадку и прикрыл дверь.

- Ты что, уходишь? - вернувшись, спросил он Катю, стоящую в коридоре с перекинутой через плечо сумкой.

- Да, мне завтра рано вставать. Я улетаю в Москву.

- Можно я приду тебя проводить.

- Нет, не надо… так будет лучше. Картина, которую ты мне собираешься подарить, теперь ведь моя?

- Да, конечно.

- Значит, я с ней могу делать все, что хочу… Я хочу, чтоб она осталась у тебя. Чтоб она была там же, где будешь ты, - так ты всегда будешь помнить обо мне, - проговорила Катя, изо всех сил удерживая пытающиеся прорваться слезы.

Эрик был настолько растерян и расстроен, что не смог ей сразу что-либо ответить. Через мгновение, когда Эрик пришел в себя, стук ее каблуков был уже слышен на его лестничной площадке.

***

Зачем, зачем она просила его не провожать ее? И все же, наверное, надеялась, что придет, если и родителей попросила о том же.

- Слава богу, не опоздал!
- Что ты здесь делаешь?.. Ты все же принес мне картину…
- Ты хотела, чтоб она была там, где я. А так как я собираюсь жить в России, и она должна находиться там.

- Эрик, о чем ты?

- Знаешь, я подумал: в Германии большой процент населения прекрасно владеет английским - я уж не говорю о немецком. И поэтому в России применение моим знаниям найдется, я думаю, больше. Тем более, если учесть то, что моя специализация - это технический и бизнес перевод.

- Ты думаешь, я такого ответа ждала?

Он притянул ее к себе и крепко поцеловал.

- А такой ответ тебя удовлетворит?.. Мы не опоздаем: третий раз объявляют посадку?

- А я и не заметила, - счастливо засмеялась Катя. - Да, а где твои вещи?

- Я их уже сдал. Пойдем, иначе останемся.

Влюбленные, взявшись за руки, побежали по терминалу на посадку.

Эпилог

- Тетя Динара, какая вы красивая в этом платье!

- А тебе не кажется, что оно слишком... свадебное?

- Но оно ведь и есть свадебное, - засмеялась Катя.

- Да, но невесте уже за сорок. Надо же было мне поддаться на твои уговоры.

- Тетя Динара, какие «за сорок»?.. Да вы посмотрите на себя - вам и тридцати-то не дашь. Ну хорошо, хорошо, пусть будет тридцать, и ни копейки больше! - договорила Катя, уловив насмешливый взгляд Динары.

- Мы могли бы просто расписаться. Так нет - уговорила все же отца устроить эту пышную свадьбу. Если бы не малыши, нам и роспись не нужна бы была, мы давно уже с ним муж и жена.

- Да! Уговорила! Убедила папу, что каждая женщина хочет свадьбу. Ладно бы женщина... Видели бы вы, какой он там, внизу, счастливый ходит.

- Правда?

- Еще бы, это ведь и его первая свадьба.

- Может быть, Катюша, ты и права. Жаль, что Эрик с Эльвирочкой не придут.

- Дочка немного простыла. Но они придут. Попозже, когда малышку нужно будет укладывать спать; уложим ее в моей бывшей комнате.

- Почему же бывшей, она и сейчас твоя. Ты хорошая мама. Я очень рада за тебя, за вашу с Эриком семью.

- Вы же знаете - я не люблю да и не умею произносить тост. Это все-таки как шоу, а мне хочется на самом деле пожелать вам счастья на долгие ваши годы. Только теперь, когда у меня появилась своя семья с любимым мне человеком, я стала понимать, как многого вы были лишены. И я так рада, что вы с папой обрели свое счастье. Как хорошо, что папа нашел вас, иначе, я думаю, он никогда бы не был счастлив. И мама моя тоже.

- Спасибо, Катюша! Это - я уверена - лучшее, что я сегодня услышу.

Динара подошла к падчерице и обняла ее. Катя через окно увидела вновь прибывших.

- Ой! Тетя Динара, Алик с Лилей приехали!
- Ты их встретишь?
- Конечно!

Катя исчезла за дверью, Динара подошла к окну. Первыми гостей встретили близняшки. Алик поднял голову и безошибочно угадал, в какой из комнат мать его находится, - а может, просто почувствовал. Приветствуя, приподнял руки, с повисшими на них малышами.

Близняшки засмеялись. Так заразительно и громко, что смех долетел до нее.